树阳光

刷刷 著

南京出版传媒集团
南京出版社

图书在版编目（CIP）数据

一树阳光 / 刷刷著 . -- 南京 ：南京出版社，2024.
10. -- ISBN 978-7-5533-4923-7

Ⅰ. I247.5

中国国家版本馆 CIP 数据核字第 2024AJ3103 号

书　　名　一树阳光
作　　者　刷　刷
出版发行　南京出版传媒集团
　　　　　南 京 出 版 社

社址：南京市太平门街 53 号　　邮编：210016
网址：http://www.njcbs.cn　　电子信箱：njcbs1988@163.com
联系电话：025-83283893、83283864（营销）　025-83112257（编务）

出 版 人　项晓宁
出 品 人　卢海鸣
责任编辑　苏　牧
装帧设计　石　慧
插　　画　张　艳
责任印制　杨福彬

排　　版　南京新华丰制版有限公司
印　　刷　江苏凤凰通达印刷有限公司
开　　本　890 毫米 ×1240 毫米　1/32
印　　张　8.375
字　　数　141 千
版　　次　2024 年 10 月第 1 版
印　　次　2024 年 10 月第 1 次印刷
书　　号　ISBN 978-7-5533-4923-7
定　　价　38.00 元

用微信或京东
APP扫码购书

用淘宝APP
扫码购书

作者简介

刷刷

中国作家协会会员，儿童文学作家，南京市作家协会副秘书长，江苏省少儿艺术促进会秘书长，江苏省优秀校外辅导员。主要作品有《向日葵中队》《幸福列车》《八十一棵许愿树》《男生密码》《女生密码》《星光少年》《飞吧，蒲公英》等八十多部。作品曾获中国童书金奖、江苏省“五个一工程”奖、江苏省新闻出版政府奖、南京市文学艺术优秀作品奖、南京市“五个一工程”奖、桂冠童书奖等，曾五次入选国家新闻出版署“向全国青少年推荐的百种优秀图书”，入选中宣部“优秀儿童文学出版工程”、中国好书月度好书、“大众喜爱的五十本好书”等。有多部作品在新加坡、马来西亚等国家和中国香港、台湾等地区出版。有多部作品被改编为儿童广播剧、儿童音乐舞台剧、儿童电影、百集儿童校园短剧等。

谨以此书献给全世界的教育工作者

致敬

那些用智慧和爱心点亮儿童未来的伟大灵魂！

伙伴树

教育是阳光，

照亮孩子生命的每一个角落。

目　录

第一章

雨中的马一飞

乌云压顶，天空像是要塌下来了。豆大的雨点疯狂地砸在地面上，在积水的洼地激起一片片水花，又在路面汇成无数条小溪，流向前方。

马一飞撑着伞，踉踉跄跄地走在雨中。风从四面八方吹来，似乎在与大雨合奏一曲狂乱的乐章。薄薄的校服早已被雨水浸透，紧贴在他微胖的身躯上。细长的头发湿漉漉地贴在额前和耳旁，水珠顺着他圆圆的脸颊滑落，分不清是泪水还是雨水。

今天是开学第一天，可是爸爸妈妈都没送他。其实，他并非一定要他们送自己上学，只是这么大的雨，他以为……唉，或许在他们心中，自己是一个累赘，一个多余的小孩吧。

马一飞情不自禁地想起早上发生的一幕。

天没亮时，他正在梦中追逐天空中飘飞的一只彩色风筝。谁知，耳边传来一声闷雷，将马一飞从梦境中惊醒。他睁开眼睛，四周一片漆黑，大脑在短暂的发蒙之后很快恢复思考，因为他清晰地听到客厅有人在争执。

他们又吵架了？

马一飞一骨碌爬起来，竖起耳朵，努力分辨。虽然外面的人试图压着嗓门，但他的听力很好，将所有内容听得一清二楚。

爸爸低沉的嗓音中透着焦躁：“白芷晴，我必须去执行任务，异地抓捕是我的任务。你知道吗，这个网络诈骗团伙，我们刑侦支队追踪了差不多 3 个月，现在到了关键阶段，我怎能不参加？”

“你以为我想这样吗？”白芷晴声音略显尖锐，充满了疲惫和愤怒，“我一早要去医院交接班，最近医院人满为患。马宏烨，我不想和你再争下去。别以为只有你的工作重要，我们急诊科的人，谁不是整天忙得脚不沾地，我回来说过什么？和你抱怨过什么？今天，我只是让你送一飞去学校报到，怎么就这么难？”

“我 7 点就集合了，怎么送？你上班会路过学校，你送不是更顺路吗？”

“我今天要先去给妈送药。她老毛病又犯了……”

“那你送完药送一飞。总之，我现在要走了。”

“走？这才 5 点多，你就要走？”

“我去队里做做准备工作。”

“你——你怎么这么不讲理？”

“不讲理的是你。喂，白芷晴，你拽着我干什么？松手，别影响我执行公务！”

“你要公务，还是要这个家？你，你你你……马宏烨——”

在尖叫声中，马一飞听到门砰的一声关上了。

客厅里一片寂静，静得马一飞能听到心跳的声音。

黑暗中，他深呼吸，脑海中一片混乱，伸手扭开床边的台灯，看着一旁摆放的全家福照片，重重叹息。

照片上，爸爸妈妈笑得很开心，自己也咧着嘴笑得没心没肺的。那时，他们一家人多幸福啊。家里何时变得硝烟弥漫、火药味十足的？是从爸爸升为刑侦支队的副队长后，还是妈妈从普通护士升为护士长后？马一飞不得而知，只觉得他们不再是从前相亲相爱的一家人。

雨哗哗地拍打在伞面上，马一飞艰难地走着。他感到无力和迷茫，仿佛整个世界都在离他远去。他默默祈祷，希望爸爸出差回来后，家里能恢复平静。

马一飞想：也许大人的世界里，吵架也是一种沟通方式。

早上出门时，他特地扫一眼妈妈，期待她的怒气消散一些后，能提出开车送自己上学。可是她没说话，将书包和红领巾递到马一飞手上："路上小心些，我今天很忙。"然后，她就去屋里拿包和钥匙。

马一飞朝她看，妈妈已经化了淡妆，眉毛弯弯，面庞白皙，一双眼睛因为精心描画过，看起来又黑又亮。爸爸总夸马一飞帅气，因为他有一双和妈妈一样漂亮的眼睛，但马一飞不喜欢这双眼睛，因为它们让他觉得自己像一个娇滴滴的小女孩。上幼儿园时，老师就曾因为他长着一双漂亮的大眼睛，让他扮演过白雪公主。一个男孩子怎么能扮演公主？从那之后，马一飞就非常抵触别人说自己漂亮，这个词是属于女孩的，所以他拼命地吃，吃到自己变成一只皮球，脸蛋肥嘟嘟的，彻底和漂亮诀别，方才释怀。

当然，马一飞从心底承认白芷晴是一个漂亮的女人。她虽然40多岁了，可身材高挑、轻盈，浑身没有一丝赘肉，怎么看都像30岁刚出头。他最喜欢白芷晴的头发，乌黑如漆，一根白头发也没有。开家长会时，她比班里其他同学的妈妈看起来更显年轻、优雅，甚至陶露露在校门口看到白芷晴，总会夸张地用一连串感叹词赞美:“哇——啊——美哉！马一飞，你妈仿若九天仙女下凡啊——”马一飞知道白芷晴绝不是什么仙女，她是一个有两张面孔的女人。

在医区的病人面前，她总是和颜悦色，温柔如水；进了家门，卸下伪装，她便“凶相毕露”，换成另一副面孔。最可怕的事是她辅导自己写作业，一会儿横眉冷对，一会儿又青面獠牙，如果遇到考前复习，家里直接上演鸡飞狗跳、母子大战的戏码。只有外婆正好来家里小住时，马一飞方能得到些许救命的机会。

“家里丢东西了？你们这么兴师动众的，是谁的魂丢了？”

哈！魂丢了？

马一飞觉得这个世界上最聪明、最有趣的人就是外婆。

外婆快70岁了，是大学退休的老教授。白芷晴每次陪着外婆在小区里散步，脸上总带着一副得意劲儿。她喜欢炫耀，在医院里炫耀自己的“飞针”技术超群，再细的血管也能一针必中。在家里，她对马一飞异常严苛，希望他能成为一个出类拔萃的孩子，好让自己成为周围邻居、同事羡慕的对象。

只可惜，白芷晴每次去学校开家长会，看到马一飞课桌上摆放的成绩册，就恨不得在教室里变成透明人。白芷晴不能以马一飞为荣，只能炫耀自己的妈妈。

马一飞从小就知道外婆不是一个简单的老人。外公因车祸离世后，外婆靠自己的力量，不仅独自将两个上小学的女儿拉扯大，还将她们都培养成名牌大学生。白芷晴是老大，学医，在南京一家医院做急诊科护士长；二女儿则在中国西部一个小城做科技助农的相关工作。

因为这些，白芷晴的骄傲之情总是溢于言表，即便马一飞不能如她所愿成为学霸，她依然能从外婆和自己身上找到炫耀的光环。

当然，全世界只有外婆最能洞悉白芷晴的这般微妙心理，知道她好面子，顾忌自己的形象，教训马一飞时听不进任何劝解的话，却经不住外婆的调侃和玩笑。白芷晴是一个吃软不吃硬的人，遇到外婆的“棉花手”，便像一只被戳破的气球，什么气啊怒啊统统散去，最终，恨恨地对着马一飞丢下狠话：“哼，我再也不管你了！”至此，一场超级大战才算平息。

前方就是校门口。因为下雨，紧邻校门的马路上停着一排车，车旁挤满了家长和返校的孩子们。

护学岗上的几位老师穿着雨衣，手执雨伞纷纷上前迎接学生：“来，把孩子交给我。”

“老师，谢谢，谢谢您啊。”

马一飞混在人群中，心中酸酸的，涩涩的。他觉得自己仿佛是一片雨中的叶子，被风吹得四处飘摇，找不到归宿。

冷不丁的，一个身影蹿上来：“马一飞，你怎么搞的，怎么浑身湿成这样？”

马一飞从伞下抬起眼皮：“贵校长早……”

“快，快到里面来。”贵校长的一只大手伸过来，将马一飞拽到教学楼的门廊下。接着，他从身后的办公室里拿来一条淡蓝色的毛巾，塞进马一飞手里：“快，自己擦擦脸。”

“谢谢。”

马一飞的声音有些微微颤抖，他低下头，感受着毛巾的柔软和温暖，那种触感仿佛是无声的安慰。

“马一飞，下这么大的雨怎么家里人没送一下？”贵校长顿一顿，也不等马一飞开口，自顾自地说起来，“哦，你爸肯定又出差了，你妈也是忙人……以后下这么大的雨就穿雨衣，别撑伞了。嗯……”他盯着马一飞，“你这湿漉漉的校服不能捂在身上，会感冒的。脱下来，我请后勤老师给你拿吹风机吹一吹，很快就干了。”

马一飞摇头：“没事儿。我不怕！”

说完，他将毛巾还给贵校长，转身上了楼。身后，传来贵校长的数落：“嘿，你这个臭小子，怎么不听劝呢？小心生病！”

生病？生病才好呢！

马一飞暗暗想：生病了，班主任钱老师就会通知爸爸妈妈，他们就会围着自己团团转，嘘寒问暖、关怀备至的。他，太久没有和他们在一起吃一顿普普通通的家常饭了。

第二章

开学典礼（上）

雨后的校园，仿佛从梦中苏醒，透着一股清新的气息。天空中残留的乌云渐渐散去，露出一片湛蓝，阳光透过云层洒在地面上，泛起一片金色的光辉。空气中弥漫着一股湿润的泥土香气，混合着青草的芬芳，沁人心脾。

学校操场上，黑压压地站满了人。

太阳升起来了，越升越高，暖暖的阳光驱散了雨后的微凉，让沐浴在阳光中的马一飞十分惬意。

他喜欢阳光照在头上、脸上、身上的感觉，就像被一只温柔的手轻轻地抚摸着，揉着，舒服极了。马一飞微微闭上眼睛，感受着周身的那股温暖，那种温暖从脚底顺着后脊梁，一点点爬上来，没一会儿，他就觉得身体微微出汗了。

校园里的香樟树、鹅掌楸、樱花树、五角枫……看起来格外清秀。树梢上的一片片叶子，浅绿的、淡红的、银白的，沐浴着金色的阳光，显得生机勃勃。

初秋，一切似乎还保留着夏天的鲜活与灵动。

开学典礼开始了。

马一飞站在队伍里，看着主席台上的贵校长。他显然精心打扮过了，花白的头发梳理齐整，银色的眼镜框与裁剪合体的米白色长袖衬衫交相辉映。他的面容端正，棱角分明，额头上有几道浅浅的皱纹，显示出岁月的痕迹，却丝毫不减他的威严睿智。他的一双深邃的眼睛在阳光下显得尤为明亮，那眼神坚定而温和，总带着一丝鼓励和理解，仿佛能看透每一个学生的心思，给人无限的信赖感。

“同学们，新的学期来了，为了庆祝开学，学校给每位同学准备了一份惊喜……”贵校长说完这句话，声音戛然而止，话音末尾的“惊喜”两个字就像一只鼓槌，重重地敲在每个人的心上。

马一飞听到这两个字忍不住好奇地猜测：惊喜，什么惊喜？

贵校长是个奇思妙想特别多的人，他最喜欢在学校过节，艺术节、狂欢节、风筝节、花草节、小主人节……最令马一飞难忘的是上学期过的颠倒节，就是老师当学生，学生当老师，而且这节要过上整整 3 天。

那天角色互换后，校园里顿时沸腾起来。昔日被作文搞得焦头烂额的同学们，第一天当老师就布置家庭作业：写作文。之后，大家便去互联网上下载各类考卷，以此“报复”老师们。在布置家庭作业这件事上，班里的同学真是毫不留情……只是，兴奋地过了两天后，马一飞就跟着几个人一窝蜂地挤进贵校长的办公室，哭丧着脸强烈要求提前结束颠倒节。

这是为何呢？

贵校长满脸纳闷，细细一调查，原来老师们交上来的作业错得离谱：这个人将乘号看成了加号，减法按除法做；那个人的作文虽然完成了，可内容驴唇不对马嘴，错别字还一大堆。

“贵校长，您说，这种学生怎么教？”临时老师们拉着贵校长纷纷控诉，“拜托，快将我们的角色换回来吧，我们快被这些熊学生气疯了！”

“可是……这些错误不正是你们平时犯的吗？”贵校长反问。

马一飞朝贵校长看去，他的眼中闪过一道狡黠的光。“哦……”马一飞恍然大悟，原来这颠倒节的真正用意在此啊。

事实上，贵校长在学校举办的每一场活动都带着某种深意。马一飞不知道今天他又要宣布全校过什么节，他期待着。可贵校长抓着话筒迟迟不开口。他越不说话，就越吊起大家的胃口，原本整齐的队伍，像冬眠醒来的蛇似的左右扭动起来。

马一飞看身边站着的钱老师，她也一脸好奇。大家纷纷议论：“贵校长怎么不说了？他说的惊喜是什么呀？”

这时，隔壁班的吴老师背着手走过来了。她是学校里的“老资历”，教数学，对学生管理很严格，脾气也比钱老师大许多。课间时，马一飞曾听隔壁班同学抱怨吴老师整天布置各种各样的题,就连早读课都要布置十道计算题,还规定错一罚十。所以早读时间，整个走廊上唯独吴老师的班级安安静静的，没有吵闹声，也没有稀稀拉拉的晨读声,全班同学都握着笔,趴在课桌上小心翼翼地做计算题。相比之下，同样教数学的钱老师就温柔多了。每次批改完作业，她都会把做错题的同学叫到面前，和颜悦色地问：“为什么错了？是不会，还是马虎啊？”

钱老师刚工作两三年，留一头又长又顺的披肩发，眼睛圆圆的，亮亮的，看到班里的学生总是笑盈盈的，仿佛胸口揣着一个太阳，心情总是灿烂如花。

“哎哟，”吴老师不耐烦地和钱老师轻声抱怨，“这是玩哪一出呢？赶紧宣布活动内容，我好回教室接着给学生讲错题。”

钱老师似乎没听到吴老师的话，像个孩子般兴奋地猜测：“贵校长肯定又有新创意了。好期待呀！”

吴老师轻哼一声，眼中满是轻蔑与不屑，嘴角似笑非笑，仿佛接下来的一切都是浪费时间的无用之举：“期待什么？活动办得再多，也得学生出成绩啊。上学期，我们学校期末考试各科全优的孩子比例多少？嘿嘿，听说不进反退呢！”

“什么不进反退？”钱老师回过神来，定定地看着吴老师。

“你！”吴老师见她压根没听自己说话，心里很不痛快，嘴角扯几下，将不满吞回肚子里，“小钱，你瞧瞧你们班的学生，歪歪倒倒的，站没个站相的。你快管管去。”

钱老师睁大眼睛：“管谁？”

吴老师抬手随意地朝边上的队伍指指：“那是谁啊，嘀嘀咕咕说什么呢？小钱啊，你当班主任可得严厉些，不然学生不把你当回事儿。”

马一飞知道她说的是陶露露。这个爱画画的女孩丝毫没察觉到自己成了吴老师关注的目标，只顾侧着身体，大大咧咧地问并肩而立的李海：“你说，贵校长会不会让我们再放几天假？如果真放假，我就约表姐去看电影。”

“看电影有什么意思？”李海歪歪嘴角，“我想踢球。”他上学期加入足球队后，脑子里整天想着踢球。“你知道吗？我们这学期要参加‘市长杯’青少年足球赛了，我要上场呢！”

“哼！”陶露露细长的丹凤眼白了李海一眼，“除了踢球，你还知道什么？傻瓜！”

“你才是傻瓜呢！”李海没好气地说，“你动脑子想想，贵校长能随便给我们放假？他又不是教育局的领导。”

陶露露呆呆地看着李海：“那我们能有什么惊喜？

还有什么比接着放假更让人惊喜的？”

过了一会儿，陶露露说：“我猜啊，月底就是国庆节了，贵校长打算办一场国庆晚会。”

“对对对对！”李海连连点头，“陶露露，你说得太对了。你真聪明！”

马一飞歪着头去看李海。哼，李海不仅没自尊心，还变成一个马屁精了！

他在心底啐了一口，将脖子扭回来，继续看着主席台。

国庆晚会最没意思了！演来演去都是老掉牙的节目，合唱、跳舞、吹笛子什么的，都是在学校社团听过、看过的。谁喜欢看呢？

马一飞希望贵校长办一次猜谜大会。有一年过春节，他曾和妈妈去看过夫子庙的灯展。灯展上有很多漂亮的花灯，每盏灯的下方会贴一张红纸条，灯谜就写在上面。有猜汉字的、猜动物的、猜食品的，五花八门，令他心口痒痒的，拽着妈妈猜灯谜，可惜他猜来猜去，一个也没猜对，最后只能空着手离开夫子庙。

“喂喂，你们吵什么？”吴老师忍无可忍了，竟然有学生敢在她的眼皮子底下聊天？她毫不留情地呵斥：“现在是聊天的时间吗？没一点儿组织纪律性。”

一时间，陶露露禁了声，李海禁了声，周围的同学也乖乖闭上了嘴。

第三章

开学典礼（下）

主席台上，贵校长终于开口了。

“同学们，再过一个月，就是我们伟大祖国的生日，这是一个非常重要的节日。在这个节日里，城市里到处张灯结彩，红旗飘飘，所以我想……”

老天，有灯笼，岂不是意味着有猜灯谜游戏？

马一飞听到这，心底一阵惊喜，难道老天爷听到了自己内心的呼唤，所以……谁知贵校长话锋一转：“你们过春节都会跟着大人逛超市吧？买这买那，买自己喜欢的东西，对不对？”

“对——”大家懒洋洋地拖着长音回应着，马一飞也随大流地回了一声。现在的小孩过年都会去超市买些自己喜欢的东西。今年过年时，马一飞也跟着外婆去超市买了饮料和零食。吃年夜饭时，外婆在，小姨也在，一家人围在桌边，妈妈还和和气气地给爸爸夹菜……突然，爸爸的手机响了，然后他支支吾吾地说要去刑侦支队，因为队里有紧急任务。然后呢？妈妈的笑脸变得阴云密布，没好气地将筷子啪的一下拍在餐桌上，不管不顾地数落起来：“全市的警察都不见了，只剩下你一个人了？非要在这个时候去！”

马一飞闭上眼睛，不愿继续回忆下去。他使劲儿甩甩头，睁开眼，目光重新投到贵校长的身上。

马一飞不明白，贵校长好好的，为何要提到超市？

再看四周，大家的表情千奇百怪，有糊涂的，有好奇的，有想弄明白究竟的，还有昏昏沉沉、哈欠连天、盼着开学典礼早点结束的……暑假刚过去，大家似乎都没做好开学的准备呢！

“我们去超市购物，要么扫码付款，要么支付现金。今天，是开学第一天，我们金陵城小学也要开一家超市……”贵校长话音一落，操场上沸腾起来。

陶露露的两只小眼睛放出光：“什么？开超市？”她激动地跳起来，朝着主席台大喊，“贵校长不是开玩笑吧？”

“贵校长，您要卖什么商品呢？”

“我喜欢吃巧克力，有巧克力吗？还有海苔和冰激凌，哎哟，最好有各种口味的冰激凌。”

这时，各班的队伍从懒洋洋的蛇变成一群蜜蜂，大家三三两两，围在一起嗡嗡嗡地讨论起来。

钱老师也忍不住拉着吴老师的胳膊问：“超市？学校的超市在哪儿，我怎么不知道？”

吴老师一脸迷茫，似乎对此也毫不知情，却故作镇定地说：“你往下听不就知道了？”

“马一飞，马一飞！”李海走过来，压低嗓门商量，“贵校长开超市了，你若买了好吃的零食，能不能给我尝尝？最近出来一款新食品——麻辣鸵鸟肉，我还没吃过呢，好想尝尝哦！”

“鸵鸟肉？”马一飞看他一眼，抬手摸摸自己圆滚滚的肚子，忍不住摇头，“不，我不想吃了，我要减肥。”暑假过后，他似乎又胖了一圈。

“吃了鸵鸟肉再减肥呀！”李海回答得干净利索。马一飞却忍不住想笑：“不知道贵校长会不会卖呢！”

“同学们，同学们，听我说——听我说——”

贵校长抓着话筒一连叫了好几遍，嗡嗡作响的操场才勉强静下来。“学校开的超市卖的东西很多，文具啊，书籍啊，最重要的是，它不用付钱，而是用积分兑换！”

“积分？用钱不行吗？”

“对，用人民币！我可以用电话手表扫二维码支付。”

李海对着陶露露低声埋怨：“什么积分啊？学校开超市不想赚钱吗？我们没有积分——我们只有钱，人民币——”他好像一只扩音器，一声大叫，让操场上的小蜜蜂们又接着嗡嗡地闹起来。

“安静——安静——”贵校长似乎没想到“积分”被抵制，连忙安抚起来，“积分按大家的在校表现发放。上课积极发言的，作业按时完成的，值日做得干净的……总之，我们会出台详细的积分发放规则，而且，我们今天要给大家发积分，抽奖发放，每人至少50积分，可以换一包花种子。谁若攒到1000积分，可以……可以和我共进一次午餐。当然，你们也可以选择自己最喜欢的老师共进午餐。注意哦，这份午餐将是学校特别定制的‘幸福餐’，这次抽奖的奖券中就有特等奖——1000 积分。”

哇！能和贵校长共进午餐！

真是峰回路转，马一飞听了后，忍不住想：这可真是太有意思了！

操场上的人愣了片刻后，如梦初醒似的一片欢腾，跳的，蹦的，仿佛是海上的波涛此起彼伏，澎湃跌宕。刚刚还阴着脸的陶露露换上一张热切的面孔，挥动双手高呼：“我要和贵校长一起吃午饭——我要尝尝特别定制的‘幸福餐’——”

谁不想和校长共进午餐呢？它意味着可以和校长说说悄悄话呢！

看着四周兴奋的脸，马一飞暗暗揣摩：贵校长可不会大方地送每人 1000 积分，这东西肯定少之又少，否则能有什么稀奇？

抽奖仪式开始了。同学们在主席台边排起一条长龙，秩序井然地挨个儿上台。

第一个抽奖的是个男生。

他的手一伸进玻璃箱，无数双眼睛便直勾勾地盯在他的手上。那只手在箱子里摸来摸去，挑拣着，犹豫着，好半天也没抽，这可把后面人的心给吊得高高的，紧跟着他的那个同学急得嚷起来："抽啊，你赶紧抽啊！你不想抽，就让我先抽！"

是的，所有人焦急地等着上台，不知谁会被幸运之神光顾，中1000积分呢？

陶露露排在马一飞的前面，临上主席台时，她双手合十放在胸口，不断地祷告："孔子啊，鲁迅啊……保佑我中1000积分吧！"

马一飞听了后，心跳得厉害。虽然他愿意抽最小的奖项，50积分总比没有强啊，可是1000积分能和贵校长面对面吃"幸福餐"啊，多大的诱惑力！他……他也想要。

很快轮到他抽了。马一飞的手伸进箱子后，大脑顿时一片空白，手指尖触到一个似乎最突出的红包，便紧抓着它，匆匆走下了主席台。

他走到一棵银杏树下，看着手里的红包，渐渐回过神来，不知道自己能中什么呀？马一飞抓着红包的手犹豫不决，现在就拆吗？

"哎呀——"

身后，李海和陶露露面对面地站着，齐齐发出哀嚎："我真是倒霉啊！怎么只抽到50积分！"他俩一个捶胸顿足，一个呼天唤地，引得周围人一片大笑。

"有总比没有强！"他们将奖券随手塞进裤兜，然后一前一后地跑向教室。

马一飞看到这，不禁偷偷笑起来。50 积分换一包花种子，看似莫名其妙，却别有用意。贵校长希望每个同学手捧种子，未来能收获美丽的鲜花吧。这可是他在开学这一天送给每个同学的祝福呀！种子，它代表的是希望，是梦想，是让每一个人踮起脚，努力绽放的信念啊！可惜，大多数同学没领悟出来。

马一飞对自己说：如果我中的是 50 积分，就兑换一包花种子，让它开出最美丽的花！

想到这，他用食指和拇指捏着红包的封口，小心地顺着封口线慢慢撕开，刚撕开一个手指宽的小豁口，旁边一个女孩冷不丁地大叫起来："哇——我中了 1000 积分，我中了 1000 积分——"她欣喜若狂、又蹦又跳的模样，活像脚上装了弹簧，在操场上发狂地蹦着，跳着。

"真的？让我看看！让我看看！"

四周的人围拢上去，人群里传来无数个羡慕的声音："哇，你真走运啊！"

"天呐，你怎么这么幸运呢？"

"请客，请客，放学必须请我们喝奶茶！"

"没问题，我请客！"

女孩双手紧攥着奖券，像狩猎成功的猎人胜利归来似的，被一群同学前后簇拥着，离开了操场。

"不知道有多少个特等奖。"马一飞抓着红包想。

“我们班有人中大奖吗？我们有没有人中 1000 积分的？”陶露露高挑纤细的身体在人群里穿来穿去，不停拉着班里的同学问，“你中了什么？什么？ 50 积分！奇怪，为什么我们班没人中特等奖？别的班都有人中，为什么我们班这么惨呢？”

她嘟嘟囔囔，一路问过来，看到马一飞，她塌着肩膀，双手沮丧地摊了摊：“你知道吗？我们班竟然没人中大奖，太可怜了！对了，你愣着干什么？”她的视线落在马一飞的手里，瞪着一双丹凤眼：“你中了什么？”

“我还没来得及看呢！”

马一飞低下头，手伸进红包里，指尖触碰到一张薄薄的纸片，正要往外掏时，陶露露一把按住他的手背，紧张兮兮地祷告：“孔子啊，鲁迅啊——保佑你中特等奖吧！”

马一飞战战兢兢地抽出纸片，定睛一看，1000 积分几个鲜红的大字就在眼前。

他惊惶地望向陶露露：“我……我……我中了！”他听到自己的声音在颤抖。

“我的妈呀——我们班马一飞中了特等奖！马一飞中了特等奖——”

陶露露像一列脱轨的火车，在操场上一边尖叫，一边疯狂地奔跑。她的头发在风中狂乱地飞舞，脸上洋溢着掩饰不住的喜悦，闪闪发亮的眼睛里满是兴奋，拉着操场上的人反复诉说着这个天大的好消息。

树叶在微风中轻轻摇曳，阳光便随着树影的舞动，在地面上绘出斑驳的光影。那光影精致而又充满生命力，每一片叶子都成了光与影的舞者，在马一飞的肩膀上翩翩起舞。

“太棒了！”他轻叹。

马一飞实在不敢相信，这么幸运的事儿会落在自己头上。幸运如同水波，一波一波地向四周扩散开来，驱散了笼罩多日的阴霾。

第四章

作业大作战

快下课了，钱老师给大家留3分钟时间抄周末作业。这些作业都是课代表从各科老师那领来，然后誊抄在黑板的左侧，从上至下，密密麻麻。

马一飞趴在课桌上急急忙忙抄黑板上的作业。因为是周末，作业比平时多一些，又分笔头和口头两种。

“语文练习册两课时，周记1篇，口头作业：背诵小学生必读古诗词中的两首，朗读下周要学的课文3遍。数学：补充习题两课时，思考题两道，口算3页。英语：试卷1张……”

他一边抄，一边轻声念着，生怕抄漏了一项，周一会被老师当众叫到黑板前询问。如果是语文老师，那对马一飞来说真是不妙。他的语文成绩非常糟糕，糟糕到经常在班级垫底。偏偏他又是一个自尊心极强、敏感多疑、处处谨小慎微又极其懂事的孩子。

外婆总要他大胆说出心里话，别犹犹豫豫，甚至吃饭时也希望他能大口咀嚼，带一些男孩子独有的粗犷。可是白芷晴不喜欢这样的马一飞。她喜欢他细嚼慢咽、斯斯文文、规规矩矩地出现在别人面前。她认为儿子成绩不好，至少有家教吧。这是她的口头禅。

事实上，马一飞的成绩并不是不好，而是偏科，极其严重的偏科：语文成绩一般，英语很差，数学却要看题目和考试时的心情。如果题目对他的胃口，比如一些有挑战的题目，他的心情就会很好，会出人意料地考一个好成绩，只可惜大多数考试考的是一些口算、计算的常规题，这对马一飞来说就缺少一定的吸引力，自然也就失去了做题的兴趣，成绩就只在 80 分上下徘徊。

马一飞很怕被老师当着全班同学的面批评，那种滋味比白芷晴逼他吃维生素药丸还难受。每天早上，马一飞坐到餐桌边，总会看到一只白色的小盒里平铺着几种不同的药丸。平时，白芷晴工作忙，难得在家做一次饭，大多数时候，她是从医院食堂带一些肉丸、排骨什么的回来，然后做个汤或炒个蔬菜，母子二人的一顿晚饭就解决了。上学的日子，马一飞在学校吃，所以白芷晴担心不均衡的饮食习惯会造成马一飞的身体里缺少生长必需的营养，便每天给他吃各种维生素、胡萝卜素什么的。

马一飞讨厌维生素 B 的味道，它散发出一种浓烈的化学气息，仿佛是从深藏的药瓶中溢出的一缕苦涩的幽灵。有一次，他在吞服药丸时，偷偷将维生素 B 药丸攥在手心，不料被白芷晴逮了个正着。她没好气地问马一飞：“你以为你能糊弄过我？病人都得听我的，何况你！”

在白芷晴看来，马一飞必须百分百、无条件地服从她，就如同马宏烨必须服从上级命令，不折不扣地完成上级分配的任务一样。哪怕马宏烨在外面是一队之副队长，在家也得老老实实地执行白芷晴制订的家规，诸如进门要洗手啦，洗手之后得更换外套啦，每天要换臭袜子啦，当马一飞写作业时绝不许看电视啦……哦，这些不仅马宏烨要遵守，马一飞也要遵守。唯一不同的是，最后一条改成：作业没写完，不得玩平板电脑。

马一飞常觉得家里有一道道看不见的红线，他和马宏烨只能在线内规行矩步、老老实实地生活。如果谁胆大妄为，不小心触碰到那些红线，轻则吃几个白芷晴的白眼，重则遭遇一顿电光石火的雷霆之怒。

丁零零——丁零零——下课铃响了。

钱老师前脚刚走出教室，陶露露便立刻像个消防员似的从座位上跳起来，飞身冲到黑板前，抓起黑板擦，尖着嗓门问：“大家的作业抄完了吗？今天我值日，擦黑板啦——”

她这么一喊，教室里的人顿时乱成一团。

“哎哟——陶露露，你急什么？我还没抄完呢！”

“对呀，我也没抄完呢！”

陶露露握着黑板擦在黑板上使劲儿敲击：“快点快点！就这么些作业，你们怎么抄这么慢呢？”

马一飞知道陶露露是故意这么做的。她平时写作业的速度很快，自己三下五除二抄好了作业，现在来搞恶作剧，想让全班都抄不全周末作业呢。

他顾不上和她理论，再说他也说不过她，只能心急火燎地将英语作业抄完，再捧着记作业的小本子，飞快地往黑板上瞅，核对自己记录的内容是否毫无疏漏。

陶露露的手在黑板上移动，捣乱般地宣布:“擦啦——擦啦——”说完，她噌噌地在黑板上擦起来。

其实，黑板上还有一大片钱老师写的板书，可陶露露偏偏只擦写着作业内容的那片区域。哗哗几下，布满文字的地方就被擦去一大半。

马一飞暗暗庆幸自己抄完了，开始整理书包。这个自私的家伙不知会害多少人。

果然，动作慢的几个同学一阵惨叫，李海也急忙叫起来。刚才别人抄作业时，他正忙着和身后的同学聊天，打听中国足协青少年足球锦标赛的赛况，又隔着过道约另一个同学晚上一起玩联网游戏。眼见黑板上的作业被擦去了，他才眼红心急地找前后左右的人询问作业内容，谁知周围人都没抄完，他站起来喊陶露露：“陶大人——等等啊，我还没抄呢！”

李海的嘴巴这一刻好似抹了蜜，想为自己争取几分钟时间，可惜效果不佳，陶露露的眼睛笑成一条细缝，反讥他：“谁让你磨磨叽叽的？”说完，她宣战般将剩余的文字一把擦光。

教室里又是一片嘘声，大家怨声载道，继而手忙脚乱地找周围人询问作业内容。

“语文的口头作业是什么？”

“数学到底是几课时？两课时还是三课时？”

“英语写什么试卷？老师发的，还是练习册配套的？哎哟，这么多作业，估计得花一天时间才能完成吧！”

“看来老师根本不想让我们休息啊。”

“哪个老师会让学生休息的？恨不得星期六星期天让作业把我们捆在椅子上才高兴呢。”

“吴老师来了！”

不知是谁喊了一嗓子，教室里像被人按下了暂停键，瞬间变得静悄悄的。大家的目光都聚在窗外，带着几分敬畏、几分害怕地看着吴老师——她抱着厚厚的试卷，脸上没有一丝笑容，眉宇间隐藏着令人畏惧的威严。

吴老师脚下生风，走得极快，从窗外一掠而过。她走过去十几秒后，大家都没敢动弹，一个个竖着耳朵仔细听那串脚步声，直到确定吴老师真的走远了，大家才长吁一口气，两肩松弛下来，目光回到教室里，继续干手里的事儿。

教室又恢复之前的活跃。嬉闹的，聊天的，站起来收拾书包的，准备胜利大逃亡的……李海这个好事之徒也不忙着记作业了，哧溜一下，从后门跑出去。几秒钟后，他折返回来，双臂抱在胸前，摇晃着肩膀问教室里的人：“知道吴老师给2班布置多少作业吗？除了补充习题，另发了两大张数学试卷呐——”

“哇哦——”陶露露站在黑板边睁大眼睛，“2 班好惨呐——这个周末算是彻底完蛋了。”她的语气中透出一丝庆幸和同情。

“吴老师好像只看重分数。”

“对对对！他们班从不参加年级和学校的各类活动，每次广播操比赛、卫生评比都是倒数！”

她的话引来大家纷纷点头，马一飞也在心底暗暗庆幸自己不是 2 班的一员，用不着成天陷在题海之战中，更不用时刻关注自己在班级里的排名。学校有规定，不允许老师给学生的成绩排名次，也不许随意考试，可是吴老师只当耳旁风，照样排名次。特别是进入五年级后，她打着“保证每个同学都能成为中学里的尖子生”的旗号，搜罗各路试卷给学生考考考。对此，2 班的同学很是不满。

上学期，不知是谁，一连往贵校长设在办公室门口的“校长信箱”里投了 3 封匿名控诉信。很快，贵校长将吴老师请进了校长室，婉转地提醒她作业要适量，要给孩子更多的空间去思考，去消化。

吴老师也不表态，更没争辩，她不想和校长发生冲突，免得被其他老师看笑话。不，已经有人在看她的笑话了，哪个老师被学生这般公开投诉过？居然把匿名信投进了校长信箱！

她出了校长室便直奔2班的教室，花了整整一节课的时间给全班训话，又说贵校长办公室门口有监控，她一定要查出是谁写了匿名信，罚他每天写500道口算题。

吴老师训完话之后觉得还不能解气，她这么一位工作多年的老教师，从未觉得多布置作业是不对的。作业越多，她批改的工作量不也跟着多了吗？吴老师越想越窝火，窝火之余又觉得委屈，觉得2班的学生没良心，对自己的满腔付出没有一点儿的感激之情。于是，她午饭也没吃，坐在电脑前，敲得键盘啪啪响，在家长微信群里问："哪位家长觉得作业多，可以跟我申请作业减半。"

家长群里沉默了一下午，谁都不知道发生了何事，都不敢接话茬。直到自家孩子放学，问明事情缘由，家长才在第二天早上，后知后觉地在群里回复。

这个家长说："吴老师，您布置的作业不多，我们家每天写完作业还能赶上看新闻联播呢。"

那个家长表态："不知别人家孩子如何，我家不觉得多。"

更有一位妈妈不仅强烈支持吴老师多布置作业，还现身说法："作业多才能提高成绩，才能考出好分数。我家孩子这学期成绩提高很快，都是认真写作业换来的。"末了，她还加了一句感谢的话："吴老师辛苦了！"

她这么一番不着痕迹地奉承，仿佛往夏夜的蛙塘里投入了一块石头，不仅激起一片水花，更引来蛙鸣一片。家长们纷纷效仿，各种铺天盖地的感恩、致谢、赞美接踵而至，好像群里开了“好话商店”般热闹。

吴老师看着满屏的点赞，胸口的怒气终于一点点平息下来。可她又不愿被几句话糊弄，便宣布：“从今天开始，我布置作业分必做和选做两部分。做与不做，家长们和自己的孩子商量着办吧。”

家长们隔着屏幕面面相觑，微信群里一时间静得出奇。就算是傻瓜也明白，吴老师这是在暗示绝不会减少作业量。

本来2班家长群里发生的这事儿,其他班是不知道的。巧就巧在，那天早上陶露露起晚了，进校门时手里提了当早餐的牛奶和三明治，钱老师觉得她在教室吃东西不合适，万一被吴老师撞见，又有一番责备，便让她去办公室吃。

陶露露进办公室时和吴老师撞了个满怀，她看到吴老师对着自己手里的东西直皱眉，忙觍着脸嘻嘻笑着说：“吴老师，您今天可真漂亮！是不是早上做过面膜啦？”

吴老师摸了摸自己的脸：“漂亮？我都50多岁了，弄什么面膜也不可能漂亮了。”

陶露露为了不被批评，使劲儿点头：“漂亮的，漂亮的，您看起来就好像30多岁。我妈都说您不仅有学问，还有气质呢！”

“你妈真这么说？”

陶露露故意夸张地答：“您不信？我妈真这么说的！”

岁月的流逝常常会动摇人的自信。吴老师见她一脸笃定，忙挺了挺脊背，难得温和地伸手摸摸陶露露的头，露出一个优雅的笑容：“真是一个好孩子。”

有那么几秒钟，陶露露看着吴老师的面庞有些发愣。她的脸色有些苍白，缺乏血色，仿佛长时间的操劳耗尽了她的精力。她的双唇干燥，和钱老师红润的双唇完全不同。吴老师老了。想到这，陶露露心底升腾起一股自责，因为自责，就想为吴老师做些什么。于是，她坐在钱老师的座位上，一边吃三明治，一边凝视着吴老师的办公桌。桌上，摆放着一摞摞的作业本，厚厚的试卷，还有各种教案和书籍，电脑边有一只大号的玻璃杯，杯里泡着几颗胖大海，经过热水的浸泡，它们已经充分展开，像几朵褐色的小花，静静地漂浮在半杯淡黄色的水中。

陶露露突发奇想：“帮吴老师加上热水吧。一会儿下课，她好喝。”想到这，她将最后一口三明治塞进嘴里，走过去捧起那只玻璃杯，打算端到门旁的水瓶边加水。就在她的手碰到玻璃杯的那一秒，桌上的电脑发出了轻微的叮咚声，电脑右下角的微信图标跳起来。陶露露的好奇心被勾起来，她想：吴老师去上课了，如果有人在微信上和她说紧急的事儿怎么办？这么一想，她的手鬼使神差地按下了鼠标，便看到2班的微信群里，一位姗姗来迟的家长在发言：“如果没有吴老师的精心栽培，孩子们不会进步如此之快。感恩一路有您！感恩陪伴！”

就这样，2班家长群里的一切被陶露露尽收眼底。之后，她就将自己看到的一切告诉了李海，李海又添油加醋地告诉了其他同学，最后又传到年级各班，变成：“吴老师在校长室门口装了监控，谁敢去贵校长那儿告状，就会倒大霉。”

所有人的重点都集中在“倒大霉”上，唯独陶露露好奇地问：“监控？监控装在哪儿呢？门上，墙上，还是走廊的天花板上？”

她这么一问，大家跟着好奇。李海很想自告奋勇去探个究竟，可是他又怕自己的脸出现在监控里，被吴老师逮住，误认为之前的匿名信是他写的。很久之后，马一飞和班里的人才知道，贵校长收到的匿名信是一封打印的信，吴老师根本没法从笔迹上推断。

话说回来，最后是陶露露想出了一个令人拍案叫绝的妙招——她从家里带了几枚一元的硬币，揣在裤兜里，大摇大摆地去贵校长的办公室，美其名曰：“捡到了一元钱，交给校长。”然后两只眼珠子在校长室的里里外外来回搜索，想找出那只监控器。

第一次，她毫无发现。她不甘心，课间操时又跑了一趟，依然没线索。等到放学，她再走进校长办公室时，被贵校长拽住，一番盘问：“陶露露啊，你是不是想得到表扬啊？喏，这两枚硬币是你从家里带来的吧？你想做好事，得到我的表扬，这种心情我能理解，只是……我们要实事求是，不能为了表扬就从家里拿钱，说成是捡到的啊。”

贵校长跟她说道理，陶露露心不在焉地点头，目光却像探照灯般四处巡视。

“咦，你这是在找什么？”贵校长终于看出端倪，顺着她的目光也在办公室里东张西望，“我这都是文件、教材什么的，你想要什么？零食、玩具，我这儿可没有……哦，前几天有个老师结婚了，送来一盒喜糖……”贵校长去抽屉里找喜糖，陶露露却眨巴着眼睛问：“贵校长，吴老师装的监控器在哪儿呀？”

“监控器？”贵校长一顿，忙仔细盘问细节。

后来，事情水落石出了：吴老师根本就没在这里装什么监控器，校长办公室没有，校长办公室门口没有，校长办公室门前的走廊也没有，她不过是吓唬2班的同学而已。

事情大白天下之后，2班便有一半人只完成必写作业，选做作业碰都不碰。再过一周，全班步调一致，统统只完成必写作业了。吴老师对此虽有些气愤，但无可奈何，最后便再也没有布置过选做作业。

“走喽——踢球去喽——”

李海将书包搭在肩头，兴冲冲地往教室外走。陶露露伸手拽他：“家庭作业记录好了？”

“陶大人，晚上你拍张照片发在我们的小群里，大家不都搞定啦！”

陶露露瞪眼：“哦？”

七八个人跟着围上去给她作揖，帮着说好话：“女菩萨，行行好吧！把老师布置的所有作业拍照发群里。”

“早点发啊，谁让你是横行霸道群的群主啊！”

趁着陶露露发愣，李海和几个人冲出了教室，只是他们出去没多久又一一退了回来。

马一飞抬头看，钱老师来了，身后还跟着贵校长。

“大家稍等片刻，贵校长要给大家布置作业！”

“啊——”

所有人大惊失色，整个教室里一片哀叹，这突如其来的作业让大家感到吃惊和失望。

第五章

助学手册

星期天下午，马一飞午睡起来后便趴在书桌边赶作业，是贵校长布置的。

他不明白，贵校长不是反对吴老师的题海战术吗，为何单单给他们五（3）班布置这份额外的作业？不，确切地说，为何钱老师主动请缨，讨来这份作业呢？

带着些许好奇，马一飞打开《助学手册》，发现里面按数学课的进度预设了 3 个单元的内容。每个单元都有几个“学前提问”，比如，在《平行四边形的面积》里，设置了一个游戏：将书上的平行四边形剪下来，将它转化为长方形，测量它的长和宽，再计算出面积，填入表格中。再测量这个平行四边形的底和高，再一次计算面积，也填入表格中。提问：转化后的长方形与平行四边形面积相等吗？长方形的长和宽与平行四边形的底和高有什么关系？根据长方形的面积公式，你会求平行四边形的面积吗？

马一飞觉得有趣，往后翻页，下一个单元是《三角形的面积》。同样的，也是先玩游戏：从书上剪下几个三角形，找两个拼出一个平行四边形，测量它的底和高，计算面积，并将数据填入表格。接着，观察平行四边形和两个三角形，思考：拼成平行四边形的两个三角形有什么关系？拼成的平行四边形的底和高与三角形的底和高有什么关系？每个三角形的面积与拼成的平行四边形的面积呢？根据平行四边形的面积公式，怎样求出三角形的面积？

他饶有兴趣地又翻一页，有一行文字：请你帮助老师设计适合你的新表格。

马一飞喃喃自语："嘿，这份作业有意思！"

他返回第一页，按《助学手册》的提示一步一步地填写并完成。

在回答几个提问时，他将自己的想法尽可能详细地写上。因为，他想起贵校长发《助学手册》时说的话："这次，全校只有两个班级参加实验课程——你们班和六年级一个班。我希望大家能够重视这种新的学习方式和方法，带着主见进课堂，带着问题进课堂。在课堂上，大家能够畅所欲言，将自己的发现、思考和结论与其他同学分享。我们可以开展讨论，也可以互相质疑。我希望每个同学都能带着渴望和研究的心态上课。你们，将成为课堂真正的主人！"

主人？马一飞暗暗琢磨，觉得这句话带着一种"天机不可泄露"的神奇力量，让他期待周一上午的数学课。贵校长说了，他要亲自给全年级的数学老师上示范课，带动大家探索教学理念和方法的转型与发展。

咔嗒一声，客厅传来开门声，接着，是一阵熟悉而沉重的脚步声。

爸爸出差回来了？马一飞放下笔，走了出去。

十多天过去了，马宏烨总算回来了。马一飞看到他时，不禁怔了一下。他风尘仆仆的，看起来消瘦了一圈，四方脸上胡子拉碴，两只眼圈通红，嘴唇干裂脱皮，身上有一股浓浓的汗臭和长途奔波中留下的混合气味。他看到马一飞，哑着嗓子说："一飞，给爸倒杯水。"说着，他将手里的旅行箱拖到墙角，走到沙发边，整个人像没了脊椎骨似的一屁股瘫坐在沙发上，吐出一口浊气："累死我了。"

马一飞递上温开水，好心提醒："爸，你忘记洗手了。"

马宏烨"嗯"了一声，伸手接过水杯咕咚咕咚地一阵猛灌，转眼间水杯空了。他抬手用手背擦擦嘴，问道："你这段时间在学校表现如何？你妈呢，今天不是休息吗，怎么不在？难道是又去顶班了？"

马一飞立在他面前毕恭毕敬地一一回答："我很好。妈妈听说您今天回来，去菜市场买菜了。"

马宏烨点点头，开始脱警服，马一飞赫然发现他的胳膊上有几处瘀青，心里咯噔一跳："爸，你的胳膊怎么了？"

"嗯？"马宏烨似乎太疲倦，大脑的反应有些慢，过了几秒才反应过来，"哦，你说这啊……抓嫌疑人时弄的。没事儿，过几天就好了。"

他说得轻描淡写，可马一飞却在脑海中想象着一场惊心动魄的抓捕画面，心里微微刺疼："爸，您坐着，我给您倒盆水，洗洗脸。"

马一飞转身走进卫生间，取下马宏烨的毛巾，拿一只塑料盆去水龙头下接热水，然后端到客厅，只是他没想到，就这么点儿工夫，马宏烨已经靠在沙发背上睡着了。他的嘴巴微微张着，鼾声大作，涎水挂在嘴角边，湿湿的，亮亮的。

这时，白芷晴也回来了。她穿着白色上衣和蓝色牛仔裤，左手拎着一包蔬菜，右手提着一盒卤菜，对着马一飞喊："一飞，帮我接一下。"

"嘘——"马一飞的食指竖在唇边，一边接过菜，一边告诉她，"我爸回来了。"

白芷晴脸上一喜："回来了？呵，这次怎么说回来就回来了。真难得！他人呢？"

"喏，"马一飞朝沙发努努嘴，"我爸睡着了。"

白芷晴走进来，看着沙发上的马宏烨，眼底闪过一抹复杂的神色，陷入了沉默。马一飞生怕她发火，提着蔬菜什么的钻进厨房。等他再出来时，发现妈妈站在洗漱间使劲儿洗手。

她洗得很用力，来回使劲地搓，又勾着一只手的指尖对着另外一只手的掌心来回碾压，好像手上沾染了很多细菌似的，必须一遍又一遍地重复清洗。

马一飞的心里有些慌乱，茫然地看着白芷晴。她的眉头紧锁，眼神专注，整个人陷入了一种执拗的清洁中，好像只有这样，才能让自己的心情稍稍平静下来。

咕噜噜，咕噜噜。

马一飞的肚子不识相地响了，他硬着头皮问："妈，晚上吃什么？"

几秒钟后，白芷晴才抬起头："吃什么？"她回过神来，脸上又换成往日的神态："作业写完了？写完了去背背古诗或者单词什么的，我马上做饭。"

马一飞点头，转身要回房间。身后，白芷晴叫住他："去，到我房里拿一张薄毯给你爸盖上。"又压着嗓门补充："手脚轻点，别吵醒他了。"

"好的。"

很快，马一飞听到厨房里传来淘米、洗菜的声音，心想：看来晚上不会又将就一顿了。

这一天晚上，直到8点，马一飞才和爸爸妈妈坐到餐桌边吃晚饭。葱爆莴笋丝、干烧茄子、芹菜炒肉丝、卤菜店斩的半只盐水鸭，还有一锅番茄鸡蛋汤，汤面上撒了绿绿的葱花，还滴了香油，马一飞连喝了两碗。

吃完饭，马宏烨忙站起来收拾碗筷，却被白芷晴按住手背："你去洗澡吧，瞧你都脏成什么样了！"

马宏烨忙露出一副受宠若惊的样子，对着白芷晴谄媚地笑："谢谢老婆大人！"

说完，他往房间里走，去拿换洗衣服。白芷晴见状，连忙跟上去，追着问："知道自己的换洗衣服放在哪儿？衣柜下面的第二个抽屉。算了，还是我来帮你拿吧，省得你又把抽屉翻乱了。"

"是是是！"马宏烨忙背着手，靠着墙根稍息。

"嘿嘿！"马一飞难得看到这么滑稽的一幕，对着爸爸龇牙咧嘴，做鬼脸。

忽地，白芷晴转身看着马宏烨严肃地说："以后出任务千万要小心，别让自己受伤。记住，你可是有老婆、儿子的人！"

马宏烨马上立正，对着白芷晴敬礼，毫不含糊地点头："遵命！"

白芷晴抬手在他肩膀上用力拍了一记，要笑不笑地白了他一眼："讨厌！我和你说正经的呢。你工作忙，我可以忍，但你一定要注意自己的人身安全，我可不希望看到你受伤……"

如同空中的乌云被初升的朝阳驱逐，马一飞觉得家里升起了一轮太阳，瞬间变得阳光灿烂、温馨甜蜜。

星期一的早上，马宏烨调休，便主动提出骑电动车送马一飞上学。出门时，马宏烨特地嘱咐白芷晴下班后别急着回家，等自己去医院接她一起去新街口转转，要陪她买一件新衣服。

马一飞本想问怎么不带他，话到嘴边又咽了回去，他想：爸爸这是要给妈妈送结婚纪念日的礼物啊，我可不能当电灯泡。于是，他乖巧地说："你们去吧，我放学后去陶露露家写作业。"

白芷晴似乎也看出马宏烨的意图，笑盈盈地对马一飞点头："好。晚上我们去吃必胜客。"

走到校门口，马一飞远远看到了贵校长，他穿着淡蓝色的衬衫，领口系着一条深海蓝的领带，让他看起来好像一位主持人。

马宏烨也看到了贵校长。他坐在电瓶车上，一只脚撑在地上维持平衡，等马一飞下车，嘴里不经意地嘀咕："你们学校的保安挺时髦啊，穿戴竟然如此整齐。"

马一飞脚下一滞："保安？谁是保安？"

"那人啊——"马宏烨指向贵校长。

马一飞仰头大笑："爸，那是我们校长！"

马宏烨半信半疑："校长？校长站在门口迎接学生？"他架起电瓶车，跟在马一飞身后走过去。

"贵校长好！"

"贵校长好！"

"贵校长好！"

贵校长伸手在这个头上摸摸，那个肩上拍拍，口中回应着："林晓冰好！张一芳好！刘佳佳好！"

马一飞迎上去，骄傲地仰着面孔："贵校长早！今天是我爸送我上学。"

"哦，"贵校长往他身后看，手伸得老长，热情地和马宏烨握手寒暄，"马警官，你好，你好！难得看到你送孩子上学。"

马宏烨有些不好意思："工作太忙。"

"人民警察，可以理解！"贵校长说到这，俯下身神秘地问马一飞，"《助学手册》完成了？"

马一飞甩了下额前的头发："当然，今天等您来我们班上课呢！"

贵校长笑而不语，摸摸马一飞的头示意他快点去教室。

马宏烨站在校门口看着马一飞飞奔进去，准备转身离开，却听贵校长对着进来的几个孩子说："赵子豪，你感冒好了？太好了。上个星期你没来上学，我可惦记你了。咦，章紫芯呐，红领巾怎么歪到脖子后面去了？来，我给你扶正喽！"

"贵校长，"马宏烨忍不住上前一步，"这些学生的名字，您都能叫出来？"

"我们学校一共 1226 个学生，我大概能叫出……

800 多个吧。”

马宏烨颇为意外：“哦？这么多？”

“我当校长的，天天和孩子们打交道，肯定要想方设法记住他们的名字。这样，孩子们会觉得自己被重视，被尊重，也让他们觉得自己是独特的，可以被别人看见和关注，从而增强他们的自尊心和自信心。”

马宏烨真诚地赞美：“您真是一位用心的好校长！”

贵校长呵呵地笑着摇头：“在南京，比我优秀的校长多着呢。”他停顿几秒，问马宏烨是否可以参加学校的“家长进课堂”活动，希望他能给孩子们讲讲课。

马宏烨本能地问：“法制教育吗？”

“不。我更希望孩子们知道是谁在守护一个城市的安全，希望您能激励学生树立正确的价值观，激发他们的社会责任感以及服务社会的热情。我们的孩子都是养尊处优的公主和少爷，磨炼太少啊。”

“一定支持学校的工作！”

马宏烨看着贵校长，眼中流露出深深的尊重，忍不住敬佩地想：这位姓贵的校长真是一位难能可贵的好校长呀！

第六章

全新课堂

贵校长的示范课结束整整两天了，马一飞依然沉浸在快乐中——一种真正的快乐。

他总是情不自禁地回忆那天上课的情景。

班里的同学捧着自己完成的《助学手册》，在课堂上尽情分享自己的思考和结论。马一飞也不例外。他和小组的同学交流观点，在贵校长提问时说出自己的结论。特别值得他骄傲的是，当贵校长问大家发现平行四边形有什么特点时，大家说的是："它的两对对边分别平行且长度相等。"

"平行四边形的对角相等。"

"还有什么？"贵校长目光炯炯地鼓励同学们积极思考，大胆说出不一样的观点。

但是教室里一片沉默。

这是示范课，教室后面坐着十多位听课的数学老师，钱老师也位列其中。这一刻，她看到自己的学生大眼瞪小眼，面面相觑，答不上来，心里暗暗着急。对于上示范课的老师来说，最怕学生不积极回答问题，这说明他们对课堂内容不感兴趣，如果遇到脾气执拗的孩子，甚至会流露出抵触的情绪。这很容易让老师感到尴尬和无力。钱老师想到这，使劲儿往陶露露脸上看，又往李海脸上看，可惜他们丝毫没反应，她急得百爪挠心，恨不得上前说一句："说呀，随便说点什么都好呀！"

贵校长似乎并不急，他站在黑板前，手指着投影区的平行四边形又一次问："再仔细观察一下，平行四边形还有什么特点？"

教室里依然是一片难堪的沉默。

马一飞看着贵校长的面庞，他的目光正在一点点地由期待转为失望。他回头看教室后面，听课的老师们窸窸窣窣地动起来，翻书页的，握着笔在听课记录本上胡乱画圈圈的，在指尖玩转笔的，千姿百态，似乎都在等着看贵校长如何收场。不知是想起那个雨天贵校长给他递毛巾的一幕，还是不希望看到盛装上课的贵校长难堪，马一飞竖起手臂。

足足等了 10 秒，贵校长才惊讶地示意马一飞站起来回答。

"平行四边形的两条对角线互相平分，即两条对角线的交点将对角线分成相等的两部分。"

贵校长没有想到在这个关键时刻，马一飞能说出这么一个缜密完整又恰到好处的观点，宛如一支箭精准地射中靶心。

同学们听到马一飞的发言后恍然大悟。教室里原本还带着些许困惑的神情消失不见了，取而代之的是一片亮晶晶的眼眸。他们的目光齐刷刷地集中在马一飞身上，仿佛看到了一个全新的男孩。

贵校长眉开眼笑，毫不吝啬地赞美：“马一飞太聪明了！这个结论非常棒，说明他开动脑筋，认真思考了。”

马一飞满脸骄傲，一颗心怦怦直跳。他的心底有些惶然，自己怎么得到这个结论的？是刚才的灵机一动，还是什么？听到四周的掌声，他甜甜地笑了。

嘀嘀嘀！嘀嘀嘀！手腕上的电话手表响了。

马一飞用指尖点开，一条系统提示，他被拉入了横行霸道群。

这个群是陶露露建的，群成员也是她亲手拉进去的，只是她之前并没有拉马一飞。或许在她的眼中，他不够格儿，不是因为学习成绩的问题，而是不够有趣。李海说她将这个群命名为“横行霸道”，是为了方便大家在群里肆无忌惮地打嘴仗，开玩笑，斗有趣的表情图，不用交流任何与学习有关的内容。

有了这个群，他们自然就成了一伙人，隔三岔五在群里议论议论老师，说说“怪话”，抱怨这个老师没人性，默写不过关就得被罚抄课文，埋怨那个老师太好说话，竟然看不出某人说自己肚子疼是因为不想做课间操。除此之外，他们经常在群里给老师起外号，比如 2 班的吴老师，因为她喜欢训人，又喜欢布置超多的作业，被称为“魔鬼司令”；钱老师因为长得好看，脾气又温顺，被称为“美羊羊”。听说，他们也给贵校长起了外号——

"总管大人"。作为一校之长，他确实管不少事儿。

所有这些都是李海悄悄告诉马一飞的。那时，马一飞很羡慕李海，因为他总能赢得陶露露的认可，帮她值日，帮她背书包，帮她一起捉弄班里好说话的人——包括马一飞。作为回报，陶露露有好吃好玩的都会分李海一份。马一飞发现，李海从不拒绝陶露露的要求，从一年级到五年级，总像个跟屁虫似的跟在陶露露身后。

"李海傻不傻啊？活像陶露露手里的牵线木偶。"马一飞曾替他打抱不平，结果有人告诉他一个小秘密：听说李海家只有他爸爸一个人工作，从未有人见过他的妈妈，他想买点什么喜欢的东西，总是很难。而陶露露的爸爸是全班出了名的"有钱人"，开公司，办工厂，陶露露每天上学坐的是宝马车，她总有花不完的零钱，也常常出手阔绰地请李海吃各种美食。一来二去，李海就成了她的跟屁虫。

吃人家的嘴软，这句话马一飞是知道的。可是，李海为了吃喝玩乐就甘心当女生的"小喽啰"，实在叫人不齿，难道他没有自尊心吗？自此，马一飞再也不想加入横行霸道群了。

嘀嘀嘀！微信上又收到一条信息。他点开："马一飞，给大家说说，你最近是不是吃了聪明药，怎么突然变聪明了？"

嘀嘀嘀！微信第三次收到信息，再点开：“聪明药在哪儿买？我要去买一些。”

可恶！马一飞看着群里的对话，气得鼻子冒烟，恨不得立刻退群。就在这时，陶露露发言：“马一飞，你爸真是警察？”

一瞬间，群里变得鸦雀无声了。

马一飞看着对话框突然笑起来，原来他们怕警察呀！他将电话手表从手腕上摘下，塞进抽屉，将全部注意力集中到手上的《助学手册》——这是今天的家庭作业。钱老师布置时说：“我打算跟着贵校长的脚步，从探学式的学习方法中，让我们班的孩子能从被动学习变成主动学习，用更科学的方式提高大家的学习成绩。”

马一飞从手册里抽出一张表格，这是钱老师根据大家的建议，精心设计的助学单。它分为三部分。第一部分是：试试，相信我能行。第二部分是：学学，相信我能懂。第三部分是：想想，相信我能问。在完成它的过程中，马一飞有种强烈的干劲，就仿佛在跟着一只小鹿穿越一座迷雾森林，他能够有条不紊地去思考，梳理自己的知识框架，记录自己在学习过程中遇到的困惑，好在课堂上参与讨论。

最近，马一飞和同学们格外期待上数学课，因为班里的数学课不再是钱老师一个人唱独角戏，而是大家轮流上课。当一个同学在黑板前讲课，分享自己学到的知识要点、解题思路时，所有人都聚精会神地去听，去思考，去分析他说的内容正确与否。马一飞喜欢这样的课堂，因为人人都能参与，尤其是当一个同学发言后，会发出“这是我的看法，请大家继续和我交流”的邀请，从而激发更多人加入空前热烈的讨论。有给他补充的，有提出疑问的，有和他辩论的……最后，又会有同学来做总结。只有遇到某个看法引发几方大讨论，谁又说服不了谁，僵持不下时，钱老师才会出场正本清源，让模糊的认识变得清晰，让肤浅的认识变得深刻，让零碎的知识变得结构化。

置身在这样的课堂中，马一飞觉得数学变成了万花筒，每一次转动都带给他全新的感受，他愿意眼睛一眨不眨地跟着享受每一个精彩的画面。

热烈的课堂气氛引起了一些老师的质疑，尤其是吴老师。她满脸不快地从隔壁班走出来，站在后门口高声质问：“你们班上课这么吵，别人怎么上？”

马一飞知道，吴老师对这种新的教学模式颇有微词，她在课堂上反复告诫自己的学生：“学数学不能走捷径，该练题就得练，练得越多，得分就越高。别看某些班级课上得热热闹闹，又是讨论又是交流的，能保证考试人人都得 100 分吗？不能！肯定不能！不相信，等全省学业水平测试的结果吧。”

吴老师的话传到五（3）班，大家很不服气，一个个摩拳擦掌，憋红了脸表示一定要和2班比个高低。其中尤以陶露露表现得最激烈，她挽起袖口恨不得冲到2班去和吴老师打一架：“这是贵校长提出来的，为什么不相信呢？”

李海猜测：“可能因为吴老师教的班级的优生率一直是全年级第一吧。这么多年过去了，她就是仗着自己出色的教学水平，年年都当全区的优秀教师呀！”

陶露露不信邪：“我们一定要证明，我们班可以超越2班。”

“真的？”

“这……”

没有人敢附和，只是愣愣地看向钱老师。她站在窗边，目光在每一个孩子的脸上扫过，幽幽地说：“当我们学会自学、倾听、思考、提问、合作、表达，还怕没有收获吗？”

第七章

据理力争

早读时间，教室里的气氛却凝成一坨冰。

所有的目光都不安地投向走廊，空气中弥漫着一股压抑的怒火和不满。马一飞小声问过道那边的李海：“吴老师和钱老师说什么呢，她怎么一脸不高兴？出什么事儿了？”

李海吞一口口水，凑近说：“‘魔鬼司令’让钱老师退出新教学模式的尝试，还说六年级那个班已经被她说服了。”

马一飞大惑不解：“退出？为什么？”

李海接着说：“因为……学校很多老师不看好，一些家长也反对，说这是拿自己孩子的未来做实验，是不负责任的瞎胡闹。”

“钱老师答应了？”

陶露露苦着脸从座位上站起来，猫着腰走到两人面前：“依我看，‘美羊羊’肯定斗不过‘魔鬼司令’。我建议大家一起去找贵校长，这是他提出来的新教学模式。只要他给‘美羊羊’撑腰，事情就好办了。”

李海两眼放光：“什么时候去？”

“课间操时间。”

“我去！”

“我去！”

“我也去！”

教室里竖起十多只手。陶露露的丹凤眼里射出两道犀利的光，看向马一飞：“你呢？”

“我？”

马一飞不由得朝钱老师看去，她双手垂在身体两侧，乖乖地听吴老师的训话，一张脸上是无助又迷茫的神情，活像一个在课堂上被老师责备却不知所措的孩子。

“我也去！”马一飞的两手渐渐握成拳头，“我可不希望看着钱老师平白无故受委屈。再说，我更喜欢上现在的数学课。”

陶露露的眼中闪过一丝惊讶，她从未见过他如此大胆地在众人面前表达自己的想法。印象中，马一飞一向是个腼腆的男孩，而此刻，他的眼神中却透出一种坚定与勇敢，令她不禁为之侧目。是什么让他变了？是在贵校长课堂上回答问题的那天？还是走上讲台分享自己学习心得的一刻？是，又似乎不完全是。

丁零零——丁零零——早读结束的铃声敲响了。

吴老师终于偃旗息鼓，闭上了嘴。她将手里捏着的一张纸塞进钱老师的手中，脸上露出难得的笑容。

钱老师抬头看她，觉得她的笑容看似温暖，却像一片平静的湖面，掩盖着暗涌的波涛：“吴老师，我……”

吴老师不容反驳：“按我说的办！”说完，抬手在钱老师肩膀上用力按按，走进了 2 班教室。

没办法，钱老师只好捏着那张纸一步一步地进了自己班。

马一飞和李海、陶露露，还有其他同学顿时像被电击一般，一下子坐回自己的座位上，腰背挺得笔直，眼睛直勾勾地凝视着钱老师。虽然敲过下课铃，但大家都没动，甚至比上课时还认真地看着前方，等着钱老师发号施令。

教室里静得出奇。

怎么办呢？钱老师低头看着手里的纸，上面赫然写着“反对强行推广助学课堂”的标题和洋洋洒洒的十来条理由——这些都是吴老师列举。她现在没心情逐条去看，只是吴老师要求她做课间操之前必须在落款栏填上自己的名字，她实在为难。

钱老师的目光扫过眼前的孩子们，内心波涛汹涌。当贵校长和她商量使用助学单来展开教学，说这种方式可以把学习主动权还给学生，增强老师对课堂的设计能力，提高学生在学习上的积极性时，她也是半信半疑的。可是两个星期过去了，她发现班里的孩子在发生微妙的变化，孩子变得爱学习、能研究之外，也更愿意和别人合作与交流，属于儿童天性的好奇、好问、好胜等特点在助学课堂上一展无遗。自己曾经刻意追求的理想学习氛围——让学生喜欢学习、巧妙学习、善于学习的目标课堂正一点点地建立起来。

“同学们，老师请你们回答一个问题好吗？你们喜欢用助学单帮助自己学习吗？我们班是试点班级，所以我希望听听大家真实的想法和感触。”

陶露露反应最快，第一个答：“喜欢，为什么不喜欢？”

“我也喜欢！”

“用了助学单，我能走上讲台当小老师，学习劲头更大了。”

“是呀是呀！记得有天晚上，我写出一个数学结论后，顿时觉得自己变聪明了。老师还没教的知识，我竟然也能通过自主学习掌握个八九不离十了。”

马一飞听到大家的发言，受到了一种莫名的鼓舞，情不自禁地站起来：“我……我从前一讲话就脸红，现在变得勇敢多了！”

“没错！”陶露露欣赏地看着马一飞，眼睛亮晶晶的，“你现在真的勇敢多了！”

钱老师听着孩子们七嘴八舌的议论，心中的疑虑渐渐消散，脸上浮现出欣慰的微笑。她将手中的纸折叠成一小块，塞进衣袋，高声宣布：“我会将大家的意见转达给贵校长的。”

做课间操时，马一飞发现钱老师不见了，吴老师也不见了。他忍不住抬头往办公楼方向看，发现十多个老师簇拥在贵校长办公室门口，似乎在讨论着什么。人群中，吴老师站在最前面，语气激昂，手势如风，隔着很远的距离，站在操场上的马一飞也能感到一股排山倒海的压迫感。

陶露露也看到了，从前排绕到马一飞边上，担心地问：“他们会不会吵起来？贵校长能吵赢‘魔鬼司令’？不行，我得去看看。”

马一飞惊惶道：“你要去？”

“敢不敢跟我一起去？”陶露露眨眼，“关键时刻，你是救‘美羊羊’，还是贵校长？”

“啊？”

马一飞迅速往楼上看，钱老师就站在吴老师身后，和许多人一起包围了贵校长。“走！”他毫不犹豫地点头，跟着陶露露从队伍中溜出来，一前一后上了楼。

不待他们靠近，马一飞听到了贵校长的话：“我相信孩子们有无穷的创造力，助学课堂不过是从展示老师变成比拼学生，呈现出学生们各自的精彩。”

“考试怎么办？我承认这样的课堂热闹、有趣，但您能保证他们考出好成绩？”吴老师的声音咄咄逼人，“别忘记了，我们教书是为了什么？现在升学压力这么大，孩子们没有成绩以后能有出息吗？”

“吴老师，我们从事教育工作，既要教书，也要育人。我们关注孩子们的个体发展，也要顺应时代和国家的需要，培养真正的人才啊。”

“呵呵，没有分数，哪里会有人才？”吴老师冷笑几声，“学生能顺利考进名牌大学，就是在为国家输送人才。我从教几十年，多少孩子从我手里考上了名牌中学，继而又考进了北大、清华？您啊，不能光顾着标新立异，推广什么助学课堂，这是本末倒置，最后只会耽误了学生宝贵的学习时间。贵校长，我说句不得体的话，您的漂亮话说再多，家长也只认成绩。再说，您去年弄的那个风筝课堂获了奖，记者来学校采访了，学生老师也都上了电视新闻，已经够露脸了，您还折腾个什么劲儿？”

贵校长若有所思：“这个嘛……”

吴老师以为自己击中了要害，转身对其他老师说：“大家的反对书签字了吗？大家都拿出来，我统一交给贵校长，请他看看大家的真实想法，请他看看有多少人愿意参加这种前无古人，后无来者的教学模式？呵，教书嘛，当老师的安安分分地教就是了。教育部有大纲，教育局有教研室，何必别出心裁玩新花样？咦，小钱，你的反对书为何没签名？”她将手里的一张反对书举起来：“我不是和你说了，要签名！”

钱老师的脸微微泛红：“吴老师，我是这么想的，我们当老师的需要用灵活的教育方式帮助学生成长，这样才能发挥教育的作用。我……我和班里的孩子商量过了，我们不退出助学课堂的试点，再坚持一段时间。”

“你——”吴老师似乎毫无准备，深吸一口气，死死盯着钱老师，努力压抑住内心的怒气。她难以置信，这个青年教师竟不按自己的要求签名，要和自己作对吗？“好，很好，非常好！你不签也没关系，等今年的全省学业水平测试结果出来，你被学生家长质问声讨时，别哭鼻子抹眼泪！”

贵校长见吴老师语气中充满火药味，忙站出来和颜悦色地说接受大家的质疑，又一字一句地问：“诸位，我请大家关注一个重点，我们教书育人，不仅要会教书，更要会育人啊！我希望我们能够像养蜂人一样，将所有的学生带到‘有花蜜的地方’，至于其他的事儿，交给孩子们和时间吧……”

马一飞听到这，心里咯噔一跳：有花蜜的地方？那一定是百花盛开、花香四溢的世外桃源吧。他觉得眼前的世界变得通亮而美好起来。

他再看身边的陶露露，她的眼睛里绽放出一道奇异的光，她仿佛从贵校长的话中感受到一股无穷无尽、深不可测的力量。

第八章

生日快乐

星期六的早上，马一飞正在上厕所。突然，客厅的电话丁零零地响起来。

马一飞提着裤子从卫生间跑出来，皮带也来不及系，一把抓起电话："喂——"他刚说一个字，电话那端就传来陶露露的声音："懒虫，你在睡懒觉呢？"

"我早就起来了！"

"早起了？那你为什么这么久才接电话？"

"呵呵！"马一飞忍住笑，用肩膀和下巴夹住听筒，伸手去拉还悬着的裤腰，"你找我有事儿？"

"我听说今天有新电影上映。"

"怎么，想约我看电影？"

"对，我还约了李海。你去不去？"

"哦？"

"一起为你庆祝生日呀！"

马一飞皱皱眉，竟然是陶露露这个朋友记得自己的生日。爸爸妈妈从昨晚到现在没有丝毫反应，各自忙着手里的工作。马一飞很难过。

其实，他曾暗示过妈妈。

昨天下午，上完体育课后，马一飞觉得浑身酸痛乏力，喉咙也隐隐作痛。放学回家后，他特意告诉白芷晴："妈，我可能病了。"

"哦？"白芷晴抬手摸一下他的额头，面无表情地说一句“没发烧”，便去门口换鞋，准备去医院上班。

“妈——”马一飞见她如此不在乎，心里颇为不甘，忍不住又说，“我真的不舒服。您要不要带我去医院看看？”他以为白芷晴至少拿额温枪给自己测测体温，或者问问自己想吃什么。那么，他就会说“面条加荷包蛋”。

过生日，他想要的不多，只希望有一碗妈妈做的长寿面。

可惜，白芷晴什么都没做。

出门前的一瞬，她忽地转过身来。马一飞欣喜地看过去，以为她想起来了。谁知，她的眉头拧在一起：“你今天怎么怪怪的？作业遇到难题了？问问陶露露或者学校的老师，学习上要有主动性，不能得过且过。虽然你进入了班级的优秀生队列，但那只是偶然，期末才见真招呢。”

原来妈妈在乎的依然是自己的学习成绩啊。

马一飞觉得自己掉进了冰窟窿，寒意瞬间从脚底涌上来，渗透全身。这段时间，他觉得白芷晴在变，变得似乎能理解自己、关心自己了。现在看来，那不过是他的一厢情愿和可笑的幻想。

他努力掩饰脸上的失望：“我会努力学习的。”说完，他转身进了自己的房间。

夜深了，马一飞躺在床上困得要死，却强迫自己醒着。

他在等，等一个惊喜。刚要睡着，马一飞听到房门咯吱一声被轻轻地推开。黑暗中，他觑着眼睛看到一个身影蹑手蹑脚地走过来。他知道那是妈妈，便闭上眼睛假装在睡觉。

白芷晴走到床边，俯下身，伸手摸摸马一飞的额头，确定他没发烧，便出去了。

马一飞的眼睛在黑暗中缓缓睁开，看着紧闭的房门，意识从门口慢慢地收回来。他之所以硬撑到这个点，是期待妈妈小夜班回来，会想起午夜12点就是他的生日。哪怕是一声“生日快乐”，也会让马一飞高兴呀。可惜什么都没有。她真真切切、彻彻底底地忘记了。

在她心里，他的生日不重要吗？她可是生自己养自己的人啊！

早上，马一飞起床后越想越生气，他不死心地敲开白芷晴的房门，说：“妈，早上能给我做碗面吗？”

他固执地渴望，渴望得到祝福。

可惜事与愿违，白芷晴抬手看一眼手腕上的表，毫不犹豫地摇头：“你自己弄吧，我们科有一个护士这几天要生孩子了，我得早点去医院顶班。”说完，她提着包匆匆出了门。

唉……马一飞叹口气，心里空落落的，一种被抛弃般的绝望令他难过得想哭。

其实，他每年的生日愿望都很简单，只要白芷晴和马宏烨能陪在自己身边，一起吃生日面，听他说说学校里的趣事儿，自己就觉得圆满了。

“喂喂，马一飞，你在吗？”陶露露在电话那端使劲儿喊，“你怎么不说话？人呢？”

“在在在……”马一飞回过神来，对着话筒编了个谎话，“我有些不舒服，不去了。”

“你病了？”陶露露的声音高起来，“发烧吗？有没有去医院？奇怪，你妈不是护士长吗，没带你去医院看看？你是不是感冒了？我家有感冒药，给你送一些？”

“哎——哎——”马一飞听到这，忙制止她，“我……我只是有些头疼，睡一觉就好了，你千万别给我送药。我最讨厌吃药了，再说，药这个东西能随便吃吗？你又不是医生。好了，你还有事儿吗？没事儿我挂了！”

啪的一声，马一飞急急扣上了话筒。

电话另一端，陶露露听着话筒里的嘟嘟嘟声，挑了挑眉毛，对着话筒说：“昨天还好好的，怎么今天就病了？”

她看向电话旁的相框，不禁抓在手中凝视里面的人——是幼儿园的她和马一飞。那时，他们总在一起玩，今天吵架，明天和好，在打打闹闹中一起成长着。全班都知道他们是关系非常好的朋友。现在，朋友生病了，她可不能不管。

“陶露露——陶露露——”

“来了，来了——”

陶露露听到楼下传来李海的声音，忙把相框放回原处，去房间拿上书包，换上运动鞋出了家门。他们约好看电影的。

医院里，白芷晴带着护士们正有条不紊地给几个伤员清理皮肤外伤。他们是火锅店的服务员，因为其中一人操作不当，结果正在燃烧的燃气灶突然蹿起了火苗，导致几个人不同程度烧伤。

烧伤的皮肤需要谨慎和专业的护理，以避免感染、促进愈合和减轻疼痛。白芷晴一边给病人上药，一边吩咐其他护士动作上尽量轻一些。处理完这几个人，一个护士来叫她，说输液室来了一位老人，小护士扎了两针也没成功，陪老人来的家属将小护士骂哭了。白芷晴揉揉太阳穴：“我去处理。”

去输液室的路上，白芷晴觉得头有些晕。昨天夜里12点才睡，早上8点又来医院上班，她觉得身体有些吃不消。可是急诊科人手少，她作为护士长不硬扛着，科室就会乱成一锅粥。

空气中弥漫着消毒水的味道，光线从洁白的墙壁上反射过来，显得异常刺眼。走廊上，一个胖男人正粗声粗气地训斥小护士。

“你们这儿的护士怎么回事？简直就是业余的！连个简单的吊针都扎不好！”他愤怒地吼着，脸上布满了焦急和愤懑，“护士长呢？把你们护士长给我叫出来！为什么不让她来扎？嗯？”

小护士低着头，眼圈泛红，手指紧紧绞在一起，显得无措而紧张。她那双原本充满生气的眼睛，此刻蒙上了一层委屈和无奈的雾气。她站在男人面前，如同一棵被风雨摧残的小树，微微颤抖，仿佛随时都会被怒火淹没。

白芷晴眉头紧锁，这样的场面她见多了。很多病人家属都希望扎针时能一针见血，只是他们不知道，所谓的一针见血需要学习和操练，有一个过程。他们总是叫嚣着要有经验的人来服务，殊不知年轻的护士们如果没机会进行实际操作，又怎么提高技术水平？在病人看不到的地方，护士们都是拿自己的身体做练习呀。为什么不能对这些年轻护士宽容些呢？白芷晴想到这，挺了挺脊背，神情严肃而坚毅地走过去。她站在病人家属面前，仿佛一面坚固的盾牌，将小护士藏到自己身后，声音冷静而有力，带着不容置疑的坚定：“先生，我理解您的心情，但请您冷静一点。我们的护士都是经过专业培训的，可能是她还在适应阶段，但她们的水平绝不是您所说的那样糟糕。”

男人的脸色没有缓和，反而更加涨红，他挥舞着手臂，愤愤不平地继续数落：“适应阶段？那为什么要拿我的家人来做试验？你知道我妈多大岁数了，马上 90 岁了。你们忍心扎她好几针？”

周围的病人和家属们纷纷投来好奇和同情的目光，有些人窃窃私语，有些人则默默注视着这一幕。小护士的眼泪终于忍不住滑落，她轻轻抽泣着，声音细微却透着无限的委屈。

白芷晴深吸一口气，放缓了语气，柔声说道：“我们理解您的担忧，这样吧，我是护士长，我来给您的母亲扎针。另外，后续几天如果她需要，我都亲自为她服务。”

男人的怒火渐渐平息，但眼神中依然充满不信任和怨气。他重重地吐了一口气，挥了挥手，有些不耐烦地催促：“希望你说话算话。你赶紧给我妈扎针吧……”

中午，太阳升起来了。湛蓝的天空一碧如洗，高楼、大树，还有来来往往的车和人仿佛也被洗过似的，变得格外清新、透亮。

马一飞独自在家等到下午 3 点，也没见白芷晴从医院回来，禁不住气馁了。

他试着打电话找马宏烨，想问问他还记不记得自己的生日，谁知电话打过去始终是关机。无奈之下，马一飞将电话打到了刑侦支队，接电话的工作人员听出马一飞的声音，告诉他：“马队明天才能回南京。”

听到这句话，马一飞的心彻底凉了。

白芷晴让自己煮面条，却不知道家里除了吃剩的半锅米饭，连一包方便面都没有。如果是寻常的日子，他可以给自己做个蛋炒饭，对付对付。可今天是他的生日，他不想委屈自己，便从抽屉里拿了些钱，揣在口袋里，出了门。

他在快餐店买了一份套餐，坐在角落里吃完，随后沿着马路漫无目的地向前走。

路边，两个调皮的孩子站在一棵早桂树下，用力晃动树干，树上刚绽放的桂花纷纷坠落下来。在偏西的金黄阳光里，桂花像一个个小精灵在空中舒展曼妙的舞姿，华尔兹、探戈、恰恰、伦巴纷纷登场。没有音乐，没有灯光，却有天真无邪的笑声伴奏。

空气中跃动着明澈欢乐的气息，可马一飞却提不起精神。他机械地朝前走，似乎只有不断地走才能安抚他那颗受伤的心灵。

陶露露是在半路上看到马一飞的，她本想追上去，在他肩膀上猛拍一把，质问他，明明没有生病，为什么不一起去看电影？可是，看他贴着人行道一侧，一副郁郁寡欢的样子，她便没有冒冒失失上前打招呼，而是不声不响地跟在他身后。

走了好久好久，陶露露感觉脚都累麻木了，马一飞才停下来。这时，她发现他们竟到了秦淮河边。

马一飞站在河边凝视远方，太阳已是红红的，暖意慢慢从大地退去。秋天的河水静静地流淌着，摇曳出空中的最后一片霞光。很快，落日的余晖就会被黑夜吞噬，冰冷的夜即将来临，而他的生日也将随着那轮红日无声无息地消失。

“马一飞，”陶露露迟疑地走上前，“你怎么了？”

“咦？”马一飞看到她，怔了一下，“怎么是你？”

“我跟着你走了一路！”

“哦……”马一飞的脸上既没有惊讶，也没有意外，平静得好像一杯没有温度的白开水。

“发生什么事儿了？你看起来有些不开心！”

“今天是我的生日，我妈却连一碗生日面都没给我做……”马一飞像个闹情绪的幼儿园小孩，脱口说出了心里的委屈。说完，自己也稍稍愣了愣，但觉得心里舒服了一些。

“哦——”陶露露恍然大悟，对他笑着说了一句，“我们要给你庆祝生日，你不是不接受吗？”她接着说道：“你想吃生日面？走，到我家去吃手擀面！”

“手擀面？”

“对！手擀面可好吃了！”陶露露伸手拉他的胳膊，

“走吧，走吧，不就是一碗生日面嘛，我给你做。对了，你带公交卡了吗？我们坐车回去吧！”

“我爸爸是山西人，他以前是卖手擀面的。虽然他现在开了公司，可在我生日这一天，他会和我妈妈一起给我做手擀面。手擀面劲道十足，口感一级棒，在面上卧两个荷包蛋，淋上少许香油，撒一把碧绿的蒜叶，啧啧啧……香气扑鼻，美味无比！”

“是吗？”马一飞听她说了一路，心情渐渐敞亮开来。

有一个好朋友陪自己过生日也挺好，他想。

陶露露家的房子很大，四间卧室，两个卫生间，装了中央空调，装修也很考究。她进门洗了手，去厨房提出一袋面粉，往一口不锈钢的锅里倒了半盆，接着掺水。她告诉马一飞：“包包子的面得加热水，做手擀面的面则加冷水，并且面里还得加一些盐。面不能和得太软，得稍稍硬一些。”

“哦……”马一飞不知道和面还有这些诀窍，站在一旁认真地听着。当然，他第一次发现，富裕人家的陶露露其实很朴实，甚至比自己具备更多的生活能力。

面絮刚刚团成型时，陶露露的妈妈推门回来了。

“你们这是干啥呢？”她将手里提着的两个购物袋放到桌上，往厨房里看了看，“和面呢？”

“妈，今天马一飞过生日，我想给他做手擀面！”

“你过生日呀？”陶妈妈转过脸来，见马一飞闷闷不乐的，立刻猜到了原因，“你妈在医院肯定忙坏了。我看她在家长群都很少发言。唉，干护士长的工作可不容易呢。对了，我来替你妈妈给你做一碗生日面吧。你和露露从小一起长大，我可不希望你因为一碗面生妈妈的气哦。”

她去门后拿出一块面板，在水龙头下洗了洗，又用开水仔细烫了一遍，平摊在桌上晾干，接着，她揩干手上的水，将陶露露揉了一半的面从锅里挖出来，放在面板上搓揉起来。

约莫过了 20 分钟，厨房里飘出香油混着蒜花的香气，马一飞情不自禁地吞了下口水，偏偏这个小动作被陶露露看到了，她的一双眼睛笑成了月牙。

面端上桌，两人都饿坏了，一人捧一碗埋头吃起来。

“怎么样？手擀面好吃吧？”陶露露握着筷子不停地问。马一飞没空搭理她，使劲儿把那滑溜的面条往嘴巴里赶。手擀面实在是好吃极了。

“我给你妈打个电话，看她吃了没，要是没吃，我叫她也过来吃手擀面！”陶妈妈掏出手机，开始拨打白芷晴的号码。

“哦？”马一飞一愣，心里的委屈再次冒出来，“干吗叫她？我今天过生日，她不闻不问的……”

“傻孩子，儿的生日，娘的苦日，没有你妈妈，哪来的你呢？”陶妈妈第一次没打通，不甘心地又拨了一遍，这次电话通了。

“你在哪儿呢？什——么？”她的嗓门一下高起来，“你还在医院？被车撞了？老天，你等着，我马上过去！”

陶妈妈挂上电话，脸色煞白地看着马一飞：“你……你妈被车撞了！”

啪嗒！马一飞手里的筷子掉下来，他茫然失措地看着陶妈妈，像个泥塑木雕的人。

“我们去医院！”陶露露也丢下筷子。“放心吧，”她不停地安慰马一飞，“白阿姨不会有事儿的！不会有事儿的！”

三个人匆匆忙忙地赶到医院。

在急诊室门口，一个送外卖的小伙子蹲在地上，他一看到他们就站了起来，眼眶通红的，像一个犯错的孩子见到班主任似的，耷拉着脑袋说：“我不是故意的，我不是故意的……”

“我……我妈呢？”马一飞拉住他的胳膊，“我妈怎么样了？”

小伙子的声音细若游丝：“她……她进去好半天了……”

“你……你……为什么撞我妈，在……在哪儿撞的？”

咯吱一声响，急诊室的门开了。白芷晴额头裹着白纱布，面色惨白地走出来：“一飞，真对不起啊，妈妈把你的生日蛋糕弄坏了！”

马一飞看到妈妈的手中捧着一只压变形的蛋糕盒。

“妈——”

他扑过去紧紧抱住白芷晴，头埋在她肩上不停地重复：“只要你没事儿就好……只要你没事儿就好……”

第九章

创意编程

窗台上，两只蜜蜂嗡嗡振翅，似乎要撞破玻璃飞到外面去。室内，贵校长一脸不高兴地看着桌上的推荐表，胸膛好像堵了团棉花，呼吸也变得不顺畅起来。

下课铃一响，他就将五、六年级的十多位班主任叫到办公室来，问他们："这些优秀少先队员是谁选的？评选标准是什么？"

一位班主任说："我们班这个孩子的成绩始终是班级第一名，又拿过区里演讲比赛和作文大赛的金奖，我就推荐他了。"

另一位班主任接着说："我们班的这个女孩年年都是三好学生，又是文艺委员，对了，她爸是电视台的，给我们学校校庆做过宣传……"他的声音低下去，含含糊糊地接着补充："评选这种事儿肯定挑班里最好的孩子，看成绩啊，平时表现什么的。只是我个人认为啊，我们将名单推荐到区里，倘若想由区里推荐到市里，多少得考虑下学生家长的社会活动能力……"

"没错。我们班这个孩子虽说成绩中等，可她妈妈在市政府工作，人脉很广，我看她不仅能评上区级优秀少先队员，还能成功入选市里的。到时，可是我们学校的光荣哦。"

"够了！"

贵校长真的生气了："选之前，大家有没有向孩子们和家长们公布情况？我们为什么按照自己的主观条件，让自己满意的孩子私下填表？学校整天强调教育公平，教育公平，真正的公平是需要超越个人的立场啊！”

“贵校长，”钱老师看着贵校长，小心翼翼地试着解释，“按理说，我们当班主任的的确应该将这个信息公布给所有家长和孩子，但您也知道，每个班只有一个名额，与其让大家打破头去抢，不如我们当班主任的选一个。不管怎么说，我们都了解自己班的情况嘛。所以，您别生气了，这事儿谈不上以权谋私，谁让一个班就给一个名额呢？如果多给我几个名额，我倒希望多送几个孩子呢……”

班主任们眼见贵校长发火了，彼此交换一下眼神，齐声说：“贵校长，您看推荐名单中谁不合适，需要替换谁，您说了算。我们都听您的！无论您选谁，我们都没意见！”

贵校长使劲儿摇头：“你们呐，还是没懂我的意思。这样的评选机会，不仅仅是推荐，更重要的是要让孩子们有一种神圣感和荣誉感。学校评选什么样的孩子当优秀少先队员，对全校每一个孩子来说，意义深远而厚重。这不仅是一种荣誉的象征，更是一种潜移默化的引导，一种榜样的力量，从而激励更多的孩子有一个明确的目标去努力，去奋斗。最重要的是，我希望孩子们明白自己手中的投票权是一种责任，一种考验，也是一种使命。”说完，他从桌上抓起那些推荐表，递给班主任们：“我希望你们能借助班会课，重新公开评选，让孩子们自己选吧！”

大家略迟疑了片刻，伸手拿回了自己班的推荐表。

他们一走，贵校长便看到马一飞从门外探进头，一脸神秘兮兮地问：“贵校长，我的1000积分真能和您一起吃午餐吗？”

贵校长朝他招手，示意他进来。

“想什么时候和我一起吃午餐？”

马一飞往贵校长桌上看一眼，轻声说：“我听您的安排。您……忙吧？”

贵校长伸手摸摸马一飞的头：“你真是一个懂事的孩子。”

“可是我妈总说我不懂事。”马一飞垂下头。沉默片刻，他仰起头问：“您说，懂事好吗？”

贵校长说：“太懂事可能会让自己受伤吧。择日不如撞日，我现在就通知食堂为我们准备‘幸福餐’。对了，我发现你在数学方面表现很出色，反应迅速，还能提出独特的解题方法。你有没有想过参加小学生创意编程竞赛呢？去更大的舞台上展现自己的才华。”

马一飞有些惊讶，懵懵懂懂地看着贵校长：“您，您刚才说什么？创意编程？那是什么？”

“简单地说，通过代码和数字工具将有趣的、独特的思维应用到编程过程中，让编程变得更好玩，更富有想象力。”

“贵校长，我没接触过。你要我怎么做，我便怎么做。”

“不是我要你怎么做，而是你自己选择做不做。”

马一飞不再是懵懂的小不点了，他想到了一个很现实的问题：“我成绩不好，不知我妈会不会同意。我回家问问，行吗？”

“当然可以。”

马一飞点点头，转身走出办公室，忽地又转过身：“那……我中午就来校长室和您共进午餐？”

“好！”

“耶——”

他蹦起来，美滋滋地回了教室。

贵校长若有所思地看着门口消失的身影，抓起桌上的手机给钱老师留言：“市科技协会要举办全市中小学创意编程大赛，我推荐你们班的马一飞去参加，如何？”

消息发过去几秒后，贵校长收到了钱老师的回复：“您刚才不是说要公平公开公正地评选吗？怎么现在要指定马一飞去参赛？”

“啊——”

贵校长好像被施了定身法，捧着手机，嘴巴张得老大，半天没合上。

上课了，是钱老师的数学课。

她站在讲台边清清嗓子，伸手从粉笔盒里取出一支粉笔，在黑板上出了一道应用题：

水泥厂原计划12天完成一项任务，由于每天多生产水泥4.8吨，结果10天就完成了任务，原计划每天生产水泥多少吨？

钱老师的目光在教室里巡视："这道题的算式如何列？"

教室里举起十多只手。有一人被选到黑板前列算式："原计划每天生产：48÷（12–10）=24（吨）。"

钱老师站在一旁循循善诱："大家动脑筋想想，这道题有没有其他的解法？"

时间仿佛停了下来，教室里只听到微弱的呼吸声和鞋底磨蹭地面的细微声响。平时数学成绩好的几个人，像呆头鹅似的伸直脖子，微微张着嘴，都盯着黑板思考着。

"谁会？"

陶露露的一只手慢慢举过头顶，钱老师脸上一喜，谁知那只手在空中改为挠头皮。唉，钱老师惊喜的脸微微失望。

陶露露一点不肯服输："我在想呢，马上就想出来了。”

钱老师只好再问：“有谁想出来第二种方法了吗？课代表呢，可以到前面来说说思路吗？”

课代表轻声问：“可以设方程吗？”

钱老师摆摆手，使劲儿启发：“不用设方程的方式呢？大家想想，如果将原计划 1 天生产的吨数看作 1 份，那么 12 天就是……”

“就是生产 12 份。”

马一飞的声音轻得像蝴蝶扇动翅膀。

钱老师扬起眉毛。“谁？”她大喜过望地看过去，“马一飞，你到前面来分享自己的思路。”

马一飞站起来，双手扶着课桌的边沿，指尖有一下没一下地抠着，试图掩盖心中的慌乱。他刚才只是顺着老师的思路，并不知道自己想的是对是错。

李海见他又是一副谨小慎微的模样，在一旁挤眉弄眼：“上去说啊，哎呀，该不是瞎逞能吧？”

钱老师的眼睛瞪过去：“李海，认真听别人分享思路。”续而转过脸，和颜悦色，尽量鼓励：“马一飞，别怕！大胆到前面分享自己的思路。就算说错了也没关系，我们是在讨论，在探究呢！”

于是，马一飞鼓起勇气，站到黑板前：“这项任务一共是 12 份，说明 12 份任务在 10 天就完成了，实际每天生产的吨数为 12 ÷ 10=1.2 份。实际每天比计划每天多出 1.2−1=0.2 份。根据题目，实际每天多生产水泥 4.8 吨，这 0.2 份就是 4.8 吨。所以，1 份就是 4.8 ÷ 0.2=24（吨）。”

“非常好！”

钱老师满意地点头：“大家听懂了没？马一飞回答正确。”之后，她将粉笔递给他，让他写下算式：

4.8 × 10=48（吨）　48 ÷（12−10）=24（吨）

“同学们，很多数学题可以一题多解。大家解题时思路要灵活，多动脑筋，将学到的知识融会贯通……”

说完这些话，钱老师继续上课。

李海两眼发直地盯着黑板，抓耳挠腮，百思不得其解：“陶露露，他说的‘1’是从哪儿来的？题目里没有呀！”

陶露露托着下巴直笑：“你问马一飞去，他会告诉你的。”

李海迫不及待地转头：“马一飞，飞哥，能告诉我‘1’是从哪儿来的吗？”

马一飞抿着嘴笑：“下课教你。”

“好嘞——”李海感激地冲他拱手作揖。

这一刻，他想起贵校长的提议，心里蠢蠢欲动，决定试试。

晚上回到家，马一飞发现餐桌上放着一份外卖，不用多想，这是他的晚饭。再往爸爸妈妈的卧室瞧，门紧闭着，应该是白芷晴在里面睡觉。想必她晚上又要去顶班了。

于是，他坐下来吃饭，吃饱了就回房间写作业。

7点左右，白芷晴起来了。马一飞忙走出去请示：“贵校长建议我学编程，以后参加创意编程大赛。”

白芷晴打个哈欠，懒懒地问：“编程？学校新增的课程？”

“不是。”

“不是？那你为什么要参加？最近英语课上得如何？你啊，抓紧时间提高英语成绩。你明年就上六年级了，不想办法提高英语成绩，到中学就只能分到最差的班里去。”

马一飞忍不住反驳：“现在教育局不允许分好坏班。”

白芷晴没好气地反问：“学校不分，社会也不分？我告诉你，我们医院来了一批实习护士，一个个忙得要死，白大褂里都揣着英语词典，时不时拿出来背一背。他们为了什么？都想继续学习深造，将来好去更好的医院，赚更多的钱，过更好的日子。”

马一飞没好气地嘟囔：“你就是典型的自己飞不起来，便在窝里下只蛋，想方设法让下一代使劲飞的家长！”

“你说什么？”白芷晴眉头紧锁，眼中燃烧着怒火，抬手指着马一飞的鼻尖质问，“你再说一遍！”

就在母子二人对峙不下，谁也不肯退让，世界大战一触即发之时，门铃响了。他们谁都没动，仿佛先动的人就预示着失败一般，死死地盯着对方的眼睛。空气中弥漫着火药味，似乎下一秒就会引发一场更为激烈的冲突。

“一飞，快来给外婆开门哦——”

来的是外婆，白芷晴生怕她在门外站久了，收起一脸的怒气，对着马一飞翻一个白眼，走过去开门。

马一飞心里偷乐：外婆来了，你还能拦着我？你不让我去，我偏去，这个创意编程，我学定了！

第十章

校长来电

一进校门，马一飞便看到大银杏树下，贵校长优雅地站着。

清晨的阳光温柔地洒在校园里，如同一层金色的薄纱轻轻覆在花坛、教学楼、操场、图书馆、食堂的每一个角落。阳光带着清爽和一丝柔和的暖意，缓缓爬上树梢，给每片叶子镀上一层金属般的光芒。

这一刻，贵校长的身影定格为电影里的一帧精美画面，在洒满阳光的树影中显得格外静谧。秋风轻拂，银杏树的叶子在微风中沙沙作响，仿佛是大自然的低语。那泛黄的树叶和他的身影交相辉映，散发出一种宁静而和煦的气息。

马一飞背着书包走过去："贵校长，我什么时候开始学创意编程？"

贵校长仿佛早有准备，笑盈盈地说："今天下午，社团时间，你可以和另外几个同学去信息教室接受专业老师的指导。"

"怎么，不是我们学校的老师教？"

"创意编程需要专业知识，我为了你们能学好，特地从南京师范大学请来一位长期从事青少年人工智能和编程教学的老师。"

马一飞咋舌："人工智能？哇，听起来好酷哦。"

贵校长伸手扳着马一飞的双肩，郑重地说："你听过这样一句话吗，生活看起来平淡无奇，一旦跑起来总会有风。我希望你一旦做出选择，就能够积极行动，不断前行。只有跑起来的人，才能感受到风的力量！”

“风？”

马一飞看着贵校长，一时没明白他话中的深意，却听到教学楼后面传来一阵嘻嘻哈哈的笑声，还有隐约的说话声。

马一飞忍不住诧异：难道自己不是第一个到校的？今天一早，马宏烨又要出差，为了不引来白芷晴的抱怨，便讨好地主动提出送马一飞上学。这个时间，学校怎么会有人呢？ 7∶30 还没到呀！

贵校长显然也不知情，转身朝发出嬉笑声的位置走去。马一飞见状，连忙跟上去。

他们刚靠近，就看到大石榴树下，几个人正踮着脚尖，握着树干在捅树上结的石榴。繁茂的枝叶间有一个小小的身影，树下的人纷纷在喊：“给我摘一个！给我也摘一个！”

不待贵校长和马一飞说话，有个眼尖的人大喊：“哎呀，贵校长来啦——”

那三五个人立刻乱成一团。贵校长眼疾手快地张开双臂拦住他们，正待问个所以然，树杈上传来哭唧唧的声音：“贵校长，我……我下不来了……您快救救我啊……”

马一飞仰头，那个人竟然是李海。他的两条胳膊抱着高处的树杈，一条腿蹬着低一些的树杈，树下没有梯子、凳子，也不知他怎么上去的，现在闹得不上不下，随时会因为体力不支摔下来。

贵校长听到后，将摊开的双手改为对准李海，面容镇定、语气坚定地说：“别怕，你先顺着树杈慢慢蹭下来。放心，我会护住你的！”

李海在树杈上犹豫片刻，人慢慢镇定下来，便用脚尖稳稳踩住树杈，两只手轮番往低处降，很快便下到低一些的位置。这时，贵校长朝他喊：“李海，来，跳下来，我接着你。”

李海低头看了一眼贵校长，那张充满信任的脸庞让他心中稍稍安定。他深吸一口气，声音有些颤抖：“我，我不敢……”

贵校长继续用安抚的语气鼓励：“李海，相信我，我会接住你的。”

李海点了点头，小心翼翼地松开一只手，开始往下滑动。当他的身体落到树的中段时，贵校长迅速向前一步，稳稳地接住了李海的身体。只是因为惯性，他们一起倒在地上。贵校长支起身体，低头问：“李海，没事吧？”

李海喘着气，一手捂着胸口，感激地说：“谢谢贵校长，我没事儿。”

马一飞和另外几个同学忙上前扶起贵校长，围着他问有没有受伤。贵校长的一只手揉着后腰，笑着安慰大家：“没什么大事儿，就是腰似乎扭了。”接着，他好奇地问李海他们：“为什么要爬到树上去？多危险呐。”

这时，一个同学从口袋里摸出一只小石榴，羞涩地说：“我们想尝尝石榴熟了没有，所以一早溜进学校来摘……”

贵校长听明白了，眼中闪过一丝慈爱：“同学们，石榴还没成熟呢。等到石榴成熟了，学校办个石榴节，让大家尽情品尝，好不好？”

几个人一听，脸上又惊又喜。李海问：“贵校长，您能不能在一只石榴上贴上我的名字？这样，等到石榴成熟时，我就能认出自己的石榴了！”

贵校长愣了一下，随即笑得更加灿烂：“这是个好主意！我会安排后勤老师帮你们贴上名字，但是能不能让它成为你的石榴，需要你们努力争取。”

马一飞好奇地问：“怎么争取？”

贵校长一字一顿地说：“积分兑换！”

“好！”大家举起双手赞成。

太阳升高了，校门口陆陆续续有同学走进来。贵校长理了理衣服下摆，朝校门口走去。

“赵子豪，你今天看起来真神气。章紫芯今天红领巾戴着漂亮，小辫子也扎得好看，谁扎的？咦，林晓冰怎么苦着脸？大门牙掉了？没事儿，过一段时间就长出来了。贵校长也是像你这么大时掉门牙的……”

马一飞站在阳光下静静地看着，听着，心中泛起一阵温暖的涟漪。他将肩上的书包提了提，然后迈开双腿往教学楼跑。

风从前方吹来，他额前的发丝在跳跃，像一串欢快的音符，一束燃烧的火焰，在晨光中舞动出优美的弧线。马一飞知道，在这个清晨，自己身体里有一股力量正一点点地苏醒。

马一飞做梦也想不到，他在教室认真上课时，白芷晴却坐在客厅的沙发上发愣。

早上，她陪外婆去菜场买菜回来，刚进门便接到了贵校长打来的电话。白芷晴以为儿子在学校犯错了，正思忖用何种诚恳的态度给校长道歉，谁知对方却说“交流下马一飞的情况”。接下来，白芷晴就听到了一堆关于马一飞的评价。贵校长说他细腻善良、待人真诚，有上进心，观察也较别的同学细致。最后，他极其认真地告诉白芷晴：“马一飞是一个聪明的孩子，只是缺少自信。我希望你在家能多鼓励马一飞，让他能发挥自己的潜力，成长为更优秀的孩子。”末了，他又在电话里语重心长地说了一段话："我常对老师们说，我们眼中要有孩子，更要有'人'。孩子是人，一个独立的人，我们要尊重他们的选择。有些孩子即便遇到自己想要的东西，也会考虑大人们的想法，做出违心的选择。他们因为懂事，反而束缚了自己的想法，最终便失去了最基本的选择权……我们总希望孩子健康快乐，却不知道没有微笑的教育，不是好的教育啊！"

挂掉电话，白芷晴便坐到了沙发上，脑海中反复琢磨贵校长话里的弦外音。马一飞聪明吗？小时候，这孩子的确很聪明，一岁就能吟诵古诗词，两岁就能用乐高拼搭出火车和高楼。三岁上幼儿园后，他又展现出惊人的记忆力，凡是老师教过的儿歌和古诗，他总是最快学会的。

那时，她和马宏烨的工作都不忙，有大把的时间陪着儿子，带他去博物馆，去动物园，甚至还曾带他坐飞机去另一个城市看他喜欢的恐龙化石展。

从什么时候起，她和儿子产生隔阂而变得疏离的？

白芷晴打开手机相册，里面存着很多马一飞小时候的照片。照片中的他笑容灿烂，眼神明亮，充满了纯真的快乐。那时，儿子是她心中的小天使。他的每一个笑容，每一句童言稚语，每一个稚嫩的拥抱，都让她的心柔软无比。

然而，随着马一飞渐渐长大，白芷晴的态度悄然发生了变化。她开始关注他的成绩，关注他的名次，关注他在学业上的表现。每次开家长会后，她都会急切地向老师打听他的分数，对他的每一个失误和不足总感到不满。渐渐地，她的关心变成了一种无形的压力，压在马一飞的肩头，让他变得胆怯而敏感。又或者说，是繁重的生活压力、工作压力让她变得焦虑急躁，最终又将这种情绪发泄到马一飞身上。

想明白这一切，白芷晴深吸一口气，原来，自己时常怀念小时候的马一飞，是因为那时她关注的是儿子的幸福和快乐，而现在，她关注的却是儿子的成绩是否“全优”。无意中，她将对马一飞的爱变成了一种苛求，而忽视了他真正的需求。

白芷晴抬起头问外婆：“您说，养孩子为什么这么难呢？我到底该怎么当妈妈呢？”

外婆在餐桌边一边择菜，一边温柔地说道：“芷晴，孩子的成长需要经历风雨，你要学会放手，给他空间去探索和成长。”

白芷晴叹了口气，声音中透着无奈：“可是，妈，我总担心他会犯错误，走弯路，我不想他受苦。”

外婆微笑着，眼中闪烁着智慧的光芒：“孩子成长的过程，怎么可能没有错误和弯路呢？每一个错误都是他学习的机会，每一条弯路都是他积累经验的途径。你不能永远替他遮风挡雨，他需要自己学会面对风雨，才能真正成长。”

白芷晴低头沉思，心中隐隐有些明白，又有些彷徨：“我真的能做到吗？”

“芷晴，做一个有智慧的妈妈，而不是一个絮絮叨叨的保姆。”

“嗯。”

白芷晴眼中的迷雾一点点散去。老天证明，她一直想做一个好妈妈，也在努力着，只是她今天才幡然醒悟，生命中没有比陪伴和鼓励更能教育好一个孩子。贵校长说得真好，没有微笑的教育，不是好的教育。

她拿起手机，飞快地在微信上给马宏烨留言：“国庆节能留一天给一飞吗？我们一起带他去红山动物园玩玩。”

很快，马宏烨回她：“动物园？他多大了，还喜欢上动物园吗？”

“他毕竟是孩子。”

白芷晴看着屏幕上的“孩子”两个字，心里涌动着热乎乎的爱意，想起第一次从医生手中接过马一飞的一瞬，感觉自己捧起的不仅仅是一个小小的温暖身躯，更是捧住了整个世界。

第十一章

莫名怒火

第一节创意编程课，大学老师给大家发放了教材，介绍了最简洁的编程语法和一些专业术语：变量、数据类型、控制结构、函数、对象以及类等，这些都是编写代码的基石，对以后编写复杂的创意至关重要。大学老师又说下一节课会教一些适合新手入门的创意方向。全班 9 个同学，都是初学者，马一飞思维敏捷、记忆力好的优势渐渐突显出来，在课堂上赢得了大学老师的赞赏，他被表扬了五六次，是全班赢得表扬次数最多的人。

贵校长课后来询问课堂情况，大学老师当着马一飞的面毫不吝啬溢美之词，夸他专注力强，学得快，搞得马一飞有那么一刻认为自己的脑袋就是为编程而长的，脸上却又很腼腆，害臊得不行。

他看着大学老师，眼里充满了尊敬和崇拜，心底充盈着小小的得意。这种从未有过的成就感，像夏日的阳光火辣辣地穿透他的身体，他的血液在沸腾，在燃烧，这可是大学老师的赞美啊！马一飞在贵校长和大学老师交谈时，身体站得笔直，心里快活地喊：这种感觉太幸福了！

马一飞美滋滋地收拾好书本笔袋，离开了教室。

刚走出门没多远，他就被贵校长轻声叫住："马一飞，我有几句话要和你说。"

"哦？"马一飞停下脚步，贵校长跟上来，和他边走边聊。

“你今天在课堂上的表现很好，很好。”

马一飞听到校长的夸奖，心中一阵欢喜，脸上的笑容更灿烂了些。

贵校长继续说道：“这万里长征才迈出第一步。学习创意编程是需要日积月累的，不会一蹴而就。就像你去参加长跑，需要持续的耐心和途中的坚持！”

马一飞当然明白其中的道理，心里忍不住一阵感动，是发自肺腑的感动。世界这么大，学校里的学生这么多，贵校长却关注着他的一举一动，给予自己如此真诚的关怀和鼓励，他怎么能不感动？他不会让贵校长失望的。

他们边说边往校门口走，走过办公楼时，马一飞看到陶露露捧着一叠绘画作品，拉着路过的老师说：“送您一幅画。我自己画的。”

谁知那老师看也不看，便客客气气地说：“你自己画的，留着做纪念吧。”

陶露露不死心，转身去问办公室门口站着的一位老师，结果他也没兴趣地摇了摇头。就在这时，吴老师捧着一叠作业本，急匆匆地走过来。看情形，她应该是刚结束趣味数学社团的活动，赶着回办公室批改课堂作业呢。全年级的同学都知道，这个趣味数学社团的成员都是吴老师钦点的尖子生，专门做难题、竞赛题，是为小升初时参加外国语学校选拔准备的核心成员。

“吴老师——”陶露露笑嘻嘻地上前问，“您喜欢画吗？这些是我画的，您挑一幅喜欢的，我送您。”

“画？”吴老师眉头微蹙，抬手在她的画作里随意翻翻，两道锐利的光从眼镜后面射出来，又摆出一副训人的架势，吧嗒吧嗒地数落起陶露露来，“陶露露啊，你这画得什么东西啊？对了，你成绩在班里不是拔尖儿的吧。上学期期末数学考了多少分？我劝你别成天忙着画这些没用的东西，把时间和精力都用到学习上，等到小升初时，多考一分，就能甩掉一群人，你离外国语学校的大门就近一点。”

陶露露只觉得一桶冰水从头上浇下来，委屈得要哭了。她带着哭腔说：“吴老师，我不过想送一幅画给您……再说，我不想考什么外国语学校。”

“没出息！”

吴老师很不满意，随即往马一飞和贵校长站的地方扫一眼。自从钱老师坚持助学课堂的教训，她看 2 班的孩子总带着怨气。“陶露露啊，希望你以后能成为画家，全南京最了不起的画家！”说完，她梗着脖子进了办公室。

马一飞忙上前安慰陶露露：“别难过，吴老师除了分数，什么都看不上。对了，你为什么要把自己的画作送人呢？你不是最宝贝这些画吗？”

陶露露撇撇嘴："美术老师说教室没地方放了，让我拿回家。只是，我家里也堆了很多画，所以我想送一些给老师们，可惜他们都不收。"

贵校长伸出两只大手："我看看！"

陶露露乖乖将画作递过去，长长的睫毛垂下来，遮住她的眼睛。

"你能把这些画交给我处理吗？"贵校长问。

"啊？"

"对。我保证让它们去一个好地方。"

"那……我还能看到它们吗？"

真要送出这些画，陶露露有些不舍。可贵校长却说："放心，你不仅能看到它们，它们还能有更好的用途。"

马一飞和陶露露齐声问："什么用途？"

贵校长的嘴边浮出一丝神秘的笑意："国庆节后就知道了！"

晚上，马一飞一进家门便闻到屋子里弥漫着一股辛辣却熟悉的香气，是从厨房里飘出来的。于是，他放下书包，径直走进去。

只见白芷晴系着围裙，握着菜刀，在砧板上切一把韭菜。她一边切，一边将细细的碎末装入盘子里，空气中飘着浓浓的韭菜香，仿佛是春天田野里飘过来的一缕清风。每一刀落下，都带着她熟练而轻柔的节奏，笃笃笃，

笃笃笃，切韭菜的声音清脆而有韵律，如同在奏一曲温馨的家庭乐章。

边上，外婆捧着一团揉好的面，正好和他的视线对上。马一飞忙笑着问：“外婆，做什么好吃的？”

“今天我买了些韭菜，你妈说你和你爸都爱吃韭菜合子，这不，忙着做准备呢。”

“哇，有韭菜合子吃了，太妙了！”

马一飞急不可耐地问白芷晴什么时候能做好，谁知她抬起头来却问：“洗手了吗？你把手洗干净进来帮忙，好让外婆坐下来歇歇。这些韭菜可是她一根一根择的，择了一下午呢。”

于是，马一飞忙去洗手，然后钻进厨房帮忙。

白芷晴将切好的鸡蛋碎末、粉丝小段掺入碎韭菜中，淋上佐料，拿一双筷子递给马一飞，让他负责拌馅，自己转身去拿桌子上的一只不锈钢盆，掀开上面覆盖的纱布，取出一团饧好的面，在案板上使劲儿揉了一会儿，之后，用刀分成大小相等的小剂子，开始擀面皮。

马一飞很快将馅料拌匀，又学着大人的模样用筷子头挑一点儿，尝了味道：“嗯，不咸不淡，正好。”

白芷晴麻利地擀出几张面皮，取一张往中间添馅，然后对折成半圆形，再在边缘捏出漂亮的褶，一只韭菜合子就好了。

马一飞觉得有趣，学着妈妈的手法包了几个。

韭菜合子包好后，白芷晴在灶台上架上油锅，将几个韭菜合子放进锅里，开始煎炸。马一飞听到它们在锅中发出微微的噼噼啪啪声，不一会儿，外皮就变得金黄酥脆，一股独特的香气包围着他。马一飞馋得直吞口水。

白芷晴将煎熟的韭菜合子装进盘子里。马一飞已经等不及了，抓起一只，放在唇边用力吹吹，张开嘴一口咬下去，顿时，韭菜的鲜嫩清香与鸡蛋的松软以及粉丝的爽口顺滑在口中翻滚，味蕾沉浸在美味的盛宴之中。

白芷晴抬手在他头上敲了一记，嗔怪地说："怎么自己先吃了？端出去，请外婆先吃。"

"对对对！先给外婆，先给外婆。"

马一飞将韭菜合子摆放到餐桌上，请外婆入座。身后，白芷晴端着一碗白米粥和淋了香油的榨菜丝，指挥着："你把另外几碗粥端出来，小心些，别烫了手。"

白芷晴解开腰上的围裙，扫一眼墙上的挂钟，自言自语："马宏烨怎么还没回来？刚才我打电话给他，他说在回来的路上了。"

真是说曹操，曹操就到，马宏烨应声推门进来。白芷晴脸上一笑，迎上去接他脱下来的警服，指挥马一飞拿去阳台上挂好，催马宏烨快去洗手，自己又进了厨房，从角柜里找出几只松花蛋，切成月牙状，淋上香醋、香油，端出来，浑身是按捺不住的高兴。

谁都没发现马宏烨眉眼间阴云密布的，他脑袋里全是正在侦破的一个重要案件。前几天，郊区发生了一起洗劫式入室偷盗的案子，刑侦队成立了专案组，很快就根据几条重要线索抓获了5名嫌疑人。谁知审问中却发现，主要犯罪嫌疑人并不在其中。马宏烨深知抓捕时机稍纵即逝，便和同事轮番审，可是这帮人竟一口咬定作案的就是他们几个人，不肯交代主要犯罪嫌疑人的去向和信息。审问陷入僵局。

马宏烨心事重重地在餐桌边坐下，明天就是国庆长假，如果再没线索和进展，想抓到最后这名嫌疑人的概率就更低了。他端起碗低头就吃，谁知碗里的白米粥烫得他失声叫起来："呀，怎么这么烫？"

白芷晴往他脸上看："你这人，碗捧在手里不知道烫？来，先吃一个韭菜合子吧。"她将一个韭菜合子夹进一只小盘子里，推到马宏烨面前。

马宏烨没回答，视线落在桌子对面的马一飞身上。他两只手抓着韭菜合子，不知是饿坏了，还是许久没吃，嘴里吧唧吧唧地发出难听的动静。"怎么吃东西呢？"他没好气地斥责，眼睛里迸发出匕首一般锋利的光，"饿死鬼投胎啊？吃没吃相的。你在外面也这样吃东西？哎，别人不骂你没家教？"

马一飞一愣，捧着韭菜合子回想自己哪儿做错了。外婆放下手里的筷子，柔声劝马宏烨："餐桌不训子。宏烨啊，要教育孩子，等吃完饭再说。"

马宏烨看看外婆，没再吭声，一手握起筷子使劲儿地搅拌白米粥，好让粥快点凉下来。接着，他换了个话题："你最近在学校表现怎么样？英语单词背了多少？"

"我……"马一飞放下筷子，支支吾吾说不出话来。

马宏烨的嗓门控制不住地高起来："我不是规定你每天背 20 个单词吗？背了没？站起来说！"

马一飞缩着脖子，唯唯诺诺地站起来："背……背了一些。"

"你看看你，缩头缩脑的，哪像个男孩！亏你还是警察的儿子！"马宏烨将筷子甩在桌上，两只眼睛盯着马一飞的肚皮找碴，"你的肚子都吃成什么样了？能不能少吃些，多运动运动？"

"好了，好了！"白芷晴忍不住劝他，"你是不是队里有事儿，心情不好？别拿孩子撒气。前几天，贵校长给我打电话了……"

"哦？"马宏烨眉头迅速皱起，心中那股怒火像被点燃的火药，迅速蔓延开来。他压抑着愤怒："马一飞，你闯祸了？你小子可以啊，在学校干了什么？校长竟然亲自打电话来。你说，你为什么这么不省心？"

“不不不！”白芷晴拼命按住丈夫的胳膊，赶紧解释，“是表扬！表扬一飞的电话！”

“呃！”马宏烨愣了半天，不知道该怎么做才好。他下意识地抓起手机，翻看单位微信群里的信息，只是里面没有一点新动态。他从群里退出来，将手机反扣在餐桌上，看着对面委屈巴巴的人，一时之间不知如何是好。虽然一飞是自己的儿子，但这一刻他有些慌乱，为自己方才的鲁莽暗暗懊恼。

“宏烨啊，你工作忙，我们都理解，但是你不能把孩子当成嫌疑人，有事儿没事儿都是一副审问的口吻。我知道你对一飞的期待很高，但作为父亲，要严而不厉，注意方法，而不是冷冰冰的命令。”

马一飞听到外婆的这番话，眼眶一热，似乎有一股潮湿的泪光在涌动。

马宏烨早已后悔不迭，甚至隐隐地生出一股罪恶感：他今天伤害了一飞。他刚才伤害了自己最想关心的人！

第十二章

两件大事

国庆节后，学校发生了两件轰动的大事儿。

一件事是积分超市开张了，地点就在图书馆的边上。那原本是堆放打印纸、辅导书还有各种资料的储藏室，经过假期几天的突击装修，已经焕然一新。

马一飞跟着李海去看热闹，谁知积分超市挤满了人。他们费了很大的劲儿才挤进去，两人发出一声惊呼，以为跨入了另外一个时空。

四面墙壁被刷成彩虹般的赤橙黄绿青蓝紫。货架是木质的，高低错落，摆放着各种令人惊叹的商品：带一把小锁的日记本，拍拍就会亮的台灯，迷你手持显微镜，磁力拼装的中国地图，魔幻音乐盒……至于最常见的图书、毛绒玩具和各种用途的笔，也是最新最时髦的款式。总之，这间积分超市是一个百宝箱，陈列的都是每一个孩子向往的东西。

马一飞喜欢的乐高玩具也有，其中有一款正是他心心念念，白芷晴却死活不答应买的。他从货架上取下那盒乐高，发现上面贴了积分兑换的价格——3800 积分，惊得他吐了一下舌头，喃喃自语："这么多积分，看来我还得再存一学期才能换到手呢。"

身旁，李海捧着一双足球鞋，爱不释手地看着。这双鞋设计很时尚，闪亮的红色和黑色相间的图案，让人联想到飞驰的速度和惊人的力量。他左看看，右看看，

38码的鞋，正是他的尺寸呢。哎哟，如果不是周围堵着太多的人，他都想脱下脚上的鞋试试了。

“这鞋真漂亮！太漂亮了！我什么时候才能拥有这样一双漂亮的足球鞋啊？”

李海一边赞叹，一边在脑海中想象自己穿着它踢球的模样，甚至隐约听到操场上队友们的欢呼声。

马一飞见他一脸痴痴的神情，忙问：“快看看多少积分能兑换？我的妈呀——4000积分！比我的乐高还多200积分呢。走吧，走吧，别看了！”

李海发出一声悠长的叹息，将鞋放回了原处。

当所有人蜂拥至积分超市看稀奇时，陶露露这个爱凑热闹的人，却被几个同学拉到了校门口。告示栏上贴着一张醒目的通知，当她看到自己的名字赫然出现在上面，伴随着“画作印刷成明信片，将用于义卖，捐助盲童”这一行字时，她的心跳顿时加快了。

这就是贵校长说的更好的用途？

陶露露深吸一口气，回想起无数个社团活动日，她坐在美术教室挥洒画笔的时光。画上的每一根线条，每一个色块，都倾注了她的心血和梦想。现在，这份心血不仅得到了认可，还将为盲童带去帮助和希望呀！想到这里，陶露露的眼睛里闪烁出激动的光芒，嘴角不自觉地上扬，露出一个幸福的笑。

马一飞得到消息赶到校长办公室时，幸运地抢到最后一个义卖志愿者的报名机会。他在回教室的路上，暗暗庆幸，这份好运气居然落在自己头上。教室门口，陶露露抱着双臂四处张望，看到马一飞后，便兴冲冲地跑上来问："义卖志愿者有你吗？"

"有！"

陶露露喜形于色："太好了！我们班报名的志愿者最多。"

一时间，陶露露成了全校的大明星。贵校长从她的画作中选出 12 张，制作成一批明信片，打算 10 月 15 日去玄武湖公园义卖。

课间休息时，贵校长给义卖志愿小队的同学开了个短会，将 1200 张明信片分发给同学们，又说用义卖所得为盲童买一些盲文书籍和学习用品，让他们感受到来自同龄小伙伴的关爱。

大家纷纷点头，表示一定会努力多多义卖。马一飞好奇地问贵校长："为什么要在这一天义卖？"

"因为这一天是国际盲人节。"

陶露露脸上涌起一丝惊讶："哦，世界上还有这样的节日？我从不知道呢。"

大家觉得很稀奇，也期待着这一天早点到来。而这就是第二件大事儿了。不对，还有一件大事儿，又或者对贵校长和其他年级来说，不算是大事儿吧。

中午，大家吃完午饭，三三两两站在走廊上闲聊时，看到吴老师惊慌失措地疾步走来。她呼吸急促，目光中充斥着深深的不安，平日里那种从容不迫的神情消失不见了，取而代之的是一种无法掩饰的紧张和慌乱。

马一飞很好奇，吴老师向来以稳重自居，今天这是怎么了？陶露露也看出不对劲儿了，拉着几个同学猫在2班门口，很快便得到一个重大消息：下午五年级全体考试。

李海听说要考试，脸色瞬间变得苍白，额头上冒出了冷汗。他心跳加速，手中的笔不觉中掉在了桌子上。他急促地喘着气，感到一种前所未有的压力和恐惧。他几乎要站起来，但双腿却像灌了铅一样沉重，动弹不得。

很快，钱老师急匆匆地来教室了。她站在黑板前，艰涩地咽一下唾液，语气尽可能柔和婉转："同学们，刚接到通知，今天下午我们五年级参加全省学业水平测试。"

一切来得毫无预兆。

事实上，全省每年都会开展一次这样的学业测试，只是历来都选四年级开展。马一飞清楚地记得，去年的测试也是在国庆节后进行的。当时，大家考完之后想和钱老师对对标准答案，谁知她却说："测试的目的是让老师和学生能够发现学习中的不足，找到对知识的最佳掌握途径和方法。”还说这种测试主要是通过学生来考老师，是以促进老师教学为主要目的的，让大家无须太在意分数，因为老师会在阅卷后开分析总结会，以此调整教学方向，完善教学课程。于是，大家对那场大规模测试的结果便没了丝毫兴趣。

谁能想到，今年的学业水平测试会选五年级呢？这不是让五年级的孩子连续考两次吗？

教室里炸开了锅，一个个愤愤不平地嚷嚷："凭什么今年又测试我们？我们去年被测试过了。"

"就是呀！难道教育局的领导记错年级了？"

"钱老师，您再问问，确定是我们五年级参加吗？"

钱老师勉强笑了笑："通知上写得一清二楚……大家放心……不难的，别太……太……紧张，只当是完成……完成课堂作业。"

她口口声声让大家不要紧张，可是马一飞、陶露露，甚至最不喜欢学习的李海都察觉到钱老师的紧张。仔细一想，这次测试是关系到助学课堂是否有成效的一次实战呀！

教室里很快安静下来，每个人的眼睛都睁得很大，死死盯着钱老师。钱老师脸上的笑容慢慢消退，嘴唇也变得有些发白起来。

钱老师开始颇为严肃地叮嘱："同学们，大家在测试过程中，一定要仔细读题，认真思考……”她接着鼓励大家：“相信我们班每一个同学都会……”

冷不丁的，隔壁班传来一声声惊天动地的呐喊：“必胜——必胜——我们班必胜——”

听到这排山倒海般的誓言，马一飞的身体一点点绷紧，两只手也捏成拳头，暗暗提醒自己：一定要考出最好的成绩来！

他身旁的同学不由自主地翻开书本，认真地看起书和作业本，想抓紧最后的时间将知识统统装进脑海中。

这场测试是从下午一点半开始的，进行了 100 分钟。监考老师是从其他年级调来的，说是防止自己老师监考会有一些不当行为。马一飞听了心底发笑：我们 3 班的同学才不会干偷鸡摸狗的丢人事儿，无论考什么，大家都凭真本事！

令人意外的是，这次测试，只有语文和数学两个学科，并且集中在一份大试卷上，题目也是选择题为主，除了语文要写一篇小作文，很多题目都充满挑战性，不是难，而是灵活，出人意料的灵活，测试知识技能、学习能力，也测试学习兴趣、学习态度，是一种新颖而多元的测试。

期间，贵校长陪着三五个领导模样的人从走廊走过，马一飞往外看时，目光很巧地和他的对上，马一飞不由得露出一丝笑容，而贵校长也冲他微微点头，这神奇的互动根本不足一秒，却让马一飞信心倍增。

监考老师夹着试卷走出了教室，大家的脑袋凑在一起，脸上闪现着奇异的光。

“嘿，你记得那道计算题吗，14.4–4.4 ÷ 0.5……出卷人一定以为我们会先算减法吧？哈哈，你们谁掉进坑里了？”

“肯定先算除法。对了，两条射线可以组成一个角……这道判断题，你们是判对还是判错？”

“肯定是错呀！因为它没考虑到顶点。这个知识点，我做助学单时特别标注过。”

“哈哈，语文题真搞笑。什么饥寒交破、喜出往外，明显是错字。‘破’应该是‘迫’，‘往’应该是‘望’……出卷老师故意坑我们吧？”

“对对对！我也觉得他们设置了很多陷阱。大家作文怎么写的？让我们根据《落花生》《桂花雨》《珍珠鸟》这几篇课文，自选一篇写作。你们选哪篇？”

“我选的是《珍珠鸟》，课文写了珍珠鸟由怕人到信赖人的变化过程，表现的是人与鸟、人与人之间需要真诚和信赖，我就写了一篇钱老师信任我的作文。”

“我选的是《落花生》，花生不图名利、默默奉献，它让我想起了很多人，爸爸、妈妈和老师……”

马一飞坐在座位上，竖着耳朵听着大家的交流，心里也是满满的激动。他感觉自己考得不错，所有的坑和陷阱都完美地避开了。

窗外，吴老师趾高气扬地走过，满脸得意地对着走廊上的学生喊：“大家一定答得不错吧！我教的班级怎么会差呢？”

她的口吻充满自信，这让马一飞心里有些不舒服，又无能为力。在学业水平测试上，吴老师教的班级总是胜出一筹呀。

第十三章

3 班夺冠

午饭时间，马一飞和陶露露来到校长办公室，想将拟好的义卖计划书拿给贵校长过目，谁知走过会议室时，发现五年级的老师都坐在里面，贵校长也在。

马一飞忙拉着陶露露往回走，说：“走吧，下午放学后再来。”

“嘘——”陶露露的手竖在唇边，弓着背，一脸坏笑地说，“听听他们说什么。”说完，她手里一使劲儿，将马一飞拉到身后蹲下，两人听起墙根来。

先是一位男老师说话：“减负，减负，不让我们老师多布置作业，孩子多出来的大把时间会不会用到玩游戏上？毕竟是孩子呀。”

有人跟着附和：“可不，我们班有些学生作业在学校就能做完，回家就泡在网上看短视频，听说五年级有个学生开了视频号，粉丝上千了。我看作业就不能少，也不该少，作业少了，一个个都没心思学习了。”

马一飞听到这，很是吃惊，低声问：“你的粉丝上千了？”

陶露露捂着嘴点头。受贵校长启发，她将自己的画作搬到网上开了个“网络画展”，谁知短短一周时间，竟收获几万人的点赞，粉丝数也快速增长。

“关于作业，我来说几句。”贵校长的语调平和，每一个字都像是经过深思熟虑似的，“家庭作业不能一味追求数量，得考量质量和孩子的兴趣。我建议各科老师根据教学内容精心设计，减少枯燥的重复性内容，增加学生感兴趣的环节，从而激发他们的好奇心和求知欲望，主动积极地完成作业。”说到这，他似乎想起了什么，接着说：“前几天的全省学业水平测试结果出来了，我们学校的优秀率高于全市均值，可谓是稳中有升，虽然只上升了零点几个百分点，但至少说明我们在进步，这是全体老师努力的结果啊。”

马一飞听到“测试进步”几个字，脸上露出喜色。直觉告诉他，这里面有自己的一点点贡献，因为钱老师公布“优等生”学号时，他的首次位列其中。

“下面，我分享一下各班的测试情况。”

蓦地，吴老师的声音冒出来：“什么，我们班的优秀率不是年级第一名？比 3 班少两个全优生？这……这是不是搞错了？”

她这一叫，马一飞的脑袋就情不自禁地贴到了窗户上，一眼看到会议室大屏幕上的表格：2 班，28 个全优生；3 班，30 个全优生。

这是真的？马一飞的目光飞快地在座位上找到钱老师，她似乎也大大意外，惊诧地微张着嘴，目光茫然地看着屏幕，仿佛一时间无法将眼前的现实和脑海中的震惊联系起来。过了许久，她才收回飘出去的目光，定定地看着贵校长。

这一刻，会议室里的所有人都在看他。

贵校长站起来，搓着两只手："呵呵，大家不要看我。说实话，看到省里公布的这份表格，我开始也有些纳闷，想不通平时苦苦做题的孩子竟比不过那些看似闲云野鹤的孩子！仔细一想，又不尽然。时代在变，教育也在悄然发生着深刻的变革。这变革不仅仅是表面上的，更是教育理念、教学方法和培养目标上的全方位革新。"

他的声音意气风发，斗志昂扬："我们将进入一个教育高质量发展的新时代。过去的教育更多强调知识的传授，学生们在课堂上被动地接受老师所教授的内容，考试成绩成为衡量一个人能力的唯一标准。而今，教育的方向正在朝着全面发展的道路迈进。知识的传授依然重要，但更重要的是，我们要培养学生的独立思考能力、创新精神和解决问题的实战力。"

钱老师听到这些话，心潮澎湃，追随着贵校长身影的目光中升腾起一种强烈的敬意："贵校长，您创建助学课堂，就是这个目的吧？"

"是的。我创建助学课堂的初心不是标新立异，更不是哗众取宠，而是希望以我40多年的教学经验，分享基础教育教学的一些成果。我真心希望能给予孩子们更多生长的力量！"

啪啪啪！啪啪啪！

贵校长的话引得大家一片掌声。

一位老师站起来："谁不是因为热爱教育工作才走上三尺讲台的？既然是为了学生，我愿意改变思路，尝试新的教学方式。"

有人也忍不住发出疑问："贵校长，助学课堂真有这么大魔力？真能让孩子变得更好？"

这是一个极其现实，又极其刁钻的问题。

贵校长并不急着回答，而是真诚地说："我说过，一切交给孩子们和时间吧……"

马一飞看着窗边坐着的吴老师，她不安地扭动身体，用手上的笔记本当扇子在面颊旁扇动，脸色铁青地嘀咕："我们班怎么不是第一呢？哪里出问题了？"

贵校长好心地问："吴老师，您要说点什么吗？"

吴老师立刻站起来："我能说什么？把一切交给孩子，交给时间？如果结果不好，谁承担后果？谁又能承担后果？总之，谁愿意参加助学课堂，当试验品，我不反对。我这个人最务实了，不喜欢做激进冒险的事儿。"她一通长篇大论后，似乎还不过瘾，眼睛朝钱老师斜，口中不服气地宣战："小钱，这次我们班全优生人数比不过你们，期末大考走着瞧吧！我就不信邪了，多写点作业，多练点题，会没个好成绩？"

忽地，吴老师的目光射向窗边：“马一飞，那个边上是谁，你们俩在那偷听什么呢？”她又转头对着钱老师没好气地说了一句：“管好你的学生吧！”说完，她噔噔噔地从会议室走出来，又噔噔噔地往2班教室走去。

贵校长也不和她计较，云淡风轻地说：“散会，散会。我非常欢迎大家加入助学课堂的探索。凡事总有一个过程，被理解，被接纳，被完善，被认可，我有耐心，也有信心走下去。”

两三位老师举起手：“贵校长，我们想试试助学课堂，以后请多多指点。”

更多的人摆出一副观望的姿态，悄悄地退出了会议室。

“你说，贵校长像不像普罗米修斯？”陶露露站在一边问，“呵呵，他想要将火种带给人间呐！”

马一飞没回答，手握着计划书走进去：“贵校长，请您帮我们看看这份义卖计划书还有什么不完善的地方……”

大家本以为会议室里的一切就此结束，谁知接下来发生的事儿，令马一飞大为震惊：吴老师竟然在2班训了一节课的话。

“吃得苦中苦，方为人上人。现在南京有多少小学生？40多万人都想进最好的中学，谁进谁不进，靠的是什么？成绩！分数！你们都是一般家庭的孩子，除了苦学之外没其他的出路。”

“你们别怪我对你们太狠太严，将来你们一个个升入重点中学，就明白吴老师今天的苦口婆心是为谁好。我十几岁从师范学校毕业，教了一辈子的书，带的班级还从未被人超越过，这次我们没考过3班，你们有责任，我也有责任。只怪我抓得还不够多，对你们还是心太软。现在，我正式通知各位同学，我们要定一个小目标——期末考试超过3班，再定一个大目标——小升初时，至少有10名同学考进外国语中学。希望大家打起精神来，为我们班争光，为你们的父母争光，也为我这个班主任争光！”

吴老师的嗓门很大，加上后门又敞开着，3班的同学听得一清二楚。来上语文课的老师见此情形，只好布置一篇习作，埋头批改起昨天的家庭作业来。

教室里的人也随着隔壁的训话内容千奇百怪地变化着：抬着头，眼睛盯着黑板，耳朵却不由自主竖着的；时不时挤眉弄眼，脸上带着幸灾乐祸神情的；用书本挡住自己的脸，轻声和前后同学议论的。

马一飞心不在焉地写着，耳朵也竖着，听到最后一句“争光”时，不禁有些同情吴老师，莫名其妙地担忧起来：如果期末 2 班又没考过我们班，可怎么办呢？

下课后，李海拉着马一飞走到陶露露座位旁，为隔壁班的同学愤愤不平："吴老师怎么能这样呢？她可真凶。"

马一飞带着几分同情说："她不是凶，而是太要强了。"

他的脑海中忍不住想起了白芷晴，她不也是这样的人吗？过分要强的人，像是一株攀爬至悬崖边缘的藤蔓，固执地向上生长，却不曾察觉脚下的根茎早已失去了土壤的支撑，随时可能坠入深渊。他们在追求完美和成就的道路上，常常忽视了内心的平衡，失去了很多乐趣和原本拥有的幸福。

陶露露托着下巴看着窗外，一片细小的叶子飘在空中，借着风力悠悠地打着旋儿，像是对天空诉说着什么。她说："告诉你们一个秘密，钱老师要当妈妈了。"

马一飞的眼睛一亮，嘴角不由自主地上扬，发出了一声惊呼："天哪，这是真的？你怎么知道的？"

陶露露竖起一根手指头，上面缠着一块创可贴："上午，我不小心割破手，去校医那儿要创可贴时，碰巧听到钱老师问校医怎么才能防止孕吐。"

马一飞点头："怪不得最近钱老师中午吃得少，我以为是饭菜不合口味呢。"

陶露露突然来了兴致："我们应该建议食堂多做些好吃的，最好下午增加一份点心，给钱老师和她的宝宝增加营养。"

马一飞不可思议地上下打量她："你怎么知道这些的？"

"我妈怀我妹妹时，我经常陪她去检查身体，医生总这么提醒她。"

马一飞幽幽地吐出一口气："真羡慕你有妹妹。我也好希望妈妈能给我生个弟弟或妹妹。"

陶露露用小大人般的口吻提醒他："女人怀孕生孩子很遭罪的。"

马一飞听到"遭罪"两个字，突然又心疼起白芷晴来，便改口说："算了，没有也挺好的。"

李海在一旁挠着头皮，傻傻地问："钱老师的肚子怎么还没鼓起来呢？怀孕不都是挺着一个大圆肚子吗？"

"你懂不懂科学？"陶露露笑他，"肚子又不是一天就鼓起来的，需要很长时间。十月怀胎，你总听过吧？生命是需要妈妈用心孕育的。我觉得'美羊羊'会是一位好妈妈。"

她说完这句话，钱老师就捧着一叠作业走进了教室。三个人一起看着她，眼中充满了期盼，是对美好生命降临的那种期盼。

放学了，太阳渐渐西沉，整个校园笼罩在一片温暖的余晖中。

操场上，一群男孩子还在踢足球。夕阳下，他们的笑声和奔跑的身影显得格外充满活力。

马一飞和陶露露走过操场时，正赶上李海带球冲向球门。两个人忍不住停下脚步，目不转睛地盯着李海。只见他灵活地绕过几个防守队员，动作迅捷如风。逼近球门后，他一个漂亮的过人动作，甩开最后一名防守队员，直面门将，噌一下抬脚，精准地将球踢向球门的右上角。

球划出一道优美的弧线，守门员扑个空，射门成功！

“哇！”马一飞和陶露露同时发出惊叹声，他们相视一笑。陶露露的眼睛里闪烁着兴奋的光芒，抬手和马一飞击掌庆祝：“李海真厉害！”

李海听到两人的欢呼声，回头看过去，脸上露出了灿烂的笑容。他挥了挥手，一脸得意。

那一刻，马一飞对李海很是刮目相看，他从未见过他这般闪耀的一面。

“没想到，李海踢球这么棒。”陶露露感叹道。

马一飞点点头，眼中充满了钦佩：“是啊，他竟是踢足球的高手。”

他想起积分超市的那双足球鞋，暗暗祈祷李海能早日兑换到它。穿着那双鞋，李海一定会更帅气吧！

第十四章

义卖和意外

白芷晴看着眼前的儿子，心里一个劲儿地赞叹：校服整洁，红领巾鲜艳，头发梳理得整整齐齐，脸蛋上还有一股淡淡的洗面奶的清新气味。她疼爱地拍拍儿子的肩膀："义卖的东西都准备好了？"

马一飞圆溜溜的肚皮一挺，手抚腰间的挎包："喏，明信片、二维码和零钱都在小包里。我还准备了风油精、防晒霜，嘻嘻。"他有些忸怩地笑，结结巴巴地解释："给……给女生们用的。"

白芷晴听了后，既没有表现出惊讶，也没有借机取笑儿子竟关心起女同学，只在心里一个劲儿地感慨：这孩子真是细心体贴，连这些生活中的小事都考虑得如此周到。儿子长大了。

趁着白芷晴进屋换衣服的空儿，外婆往马一飞手里塞了 100 元："这是外婆的心意。"

马一飞也不推搡，嘿嘿笑着将钱收进小挎包。今天是公益行动，外婆想参加，他当然不能拒绝。

白芷晴从屋里走出来时，马一飞发现她的嘴巴上抹了口红，脸上也施了薄薄的一层粉，看起来年轻又漂亮，比班里其他人的妈妈都好看。他心里很是骄傲，满心欢喜地打开门："外婆，我们出发了！"

母子俩出了小区便上了一辆网约车。

今天是星期六，马宏烨昨晚在单位值班还没回来。

本来他们说好，马宏烨下班后送儿子去义卖，谁知他下班前接到通知，要去市公安局开个紧急会议，于是便改成白芷晴送。她今天也休息不了，单位新来了一批实习护士，她得给他们做上岗前的培训，估计又会忙一整天。

白芷晴侧着脸和马一飞商量："我把你送到玄武湖公园门口，再去医院。中午，爸爸接你，如何？到时，你们可以在外面吃顿牛排再回家。"

马一飞听了很高兴，试探着问："爸爸肯定会来吧？"比起吃牛排，他更希望爸爸来陪自己一起义卖。"那……他能不能买我的明信片？或者带几个警察叔叔一起来？"

白芷晴一眼看穿儿子的小心思，笑着安慰："放心吧！保证你的义卖款不会比其他同学少。"

"嘿嘿，谢谢妈妈。"马一飞憨憨地笑。

白芷晴掏出手机，在微信上给马宏烨留言，提醒他千万不要忘记去玄武湖公园支持儿子的义卖。

嗡的一声，车在玄武湖公园附近停下。

马一飞从车上跳下去，胡乱地和白芷晴挥挥手，便跑向公园大门。远远地，他看到公园门前的空地上放着几张桌子，桌子边竖着易拉宝宣传画。路边的金属栅栏上悬挂着一条红色横幅，上面的文字夺人眼球：有爱的世界就不会有黑暗！

陶露露和李海身穿红色马甲，胸前挂着定制的收款二维码挂牌，已经开始义卖了。他们看到马一飞的身影，挥动手臂大喊：“马一飞——马一飞——”

马一飞跑上去，接过贵校长手里的红色马甲，迅速加入义卖队伍中。

十月的玄武湖公园，宛如一幅色彩斑斓的画卷。天空湛蓝如洗，阳光透过稀疏的云朵洒在湖面上，波光粼粼，仿佛镶嵌着无数颗闪亮的宝石。微风拂过，湖水荡起层层涟漪，水中的倒影也随之轻轻摇曳。

沿着湖边的小径，五彩斑斓的花朵在长长的花坛中热烈地绽放，看起来仿佛是一卷铺展在大地上的生动画卷。花儿在阳光下熠熠生辉，红的如火，黄的如金，粉的如霞，紫的如梦，一片片，一朵朵，连绵起伏，挤挤挨挨，仿佛在低声絮语，讲述着秋天的故事。

马一飞捧着明信片在公园出口处向游客销售，他们听说这是为盲童义卖，纷纷慷慨相助。不一会儿，他手里攥着的一叠100张明信片便减少了一半。

他停下脚步寻找两个好朋友的身影，发现陶露露正笑盈盈地给一位老奶奶展示明信片，或许她的口才很好，又或许老奶奶本就是菩萨心肠的人，她很快就卖出了两张明信片。再看李海，他站在公园小卖部边，托着一叠明信片不推销，不宣传，好似姜太公钓鱼，只等着来买零食的人投来好奇的目光，他才屁颠颠地将胸口的收款码挂牌调转方向，展示反面的一段文字——原来他将活动主题贴上了。到底是好心人多，待对方看明白，李海手里的明信片也就卖掉了。

马一飞收回目光，看着手中的明信片，心里对贵校长佩服极了。他将画作印成明信片义卖，不仅能号召更多人关爱盲童，让看不到这个世界的一群孩子感受到来自这个世界的温暖，更能让他和更多的同学在义卖中明白奉献和分享的意义。当然，这些感悟是在和陶露露拟定义卖计划书时悟出来的。

他从心底佩服她，她不仅点子多，心地也善良。陶露露告诉马一飞，她已经将制作明信片的 12 幅画作全部镶进了画框，要在去盲校时，全部赠送给盲校校长，请他悬挂在学校的走廊和教室的墙上，说孩子们一定会很喜欢这些画。

当时，马一飞觉得这事儿很滑稽，说盲童又看不到，挂满整面墙壁也没用。可陶露露却说：“他们的眼睛看不到，但是心能看到。”

世界上有些东西是看不到却能感受到的，比如爱、友谊、信任和幸福。

义卖持续到将近 12 点，当大家簇拥在贵校长身边清点义卖款时，马一飞才想起爸爸没来。他虽然有些失望，可是一想到自己义卖收到 1300 元，心里就原谅了马宏烨。

他工作忙，赶不过来，自己能理解。

很快，两部分义卖金额汇总出来了。现金是陶露露整理并登记的，收款码用的是家委会一位热心妈妈的，她将义卖总金额的截图在群里公布后，就转给了贵校长，好让他带着义卖志愿小队去采购慰问品，以便能及时将礼物送到盲校去。

十几个人跟着贵校长浩浩荡荡地往超市走。超市不远，就在玄武湖公园的对面。一行人穿过地下通道，往前走 100 多米就看到了超市的大招牌。只是，令人不解的是，超市入口围着很多人。陶露露好奇地开口："怎么啦，超市大减价？"

贵校长示意大家停下来观望片刻，觉得情况不对劲儿，他便嘱咐大家原地等待，自己前去一探究竟。

也不知道怎么的，向来听话的马一飞竟然不动声色地跟了上去。或许是冥冥之中的父子连心，接下来发生的一切让马一飞终生难忘。

他蹑手蹑脚地跟在贵校长身后，越靠近超市，心跳越快。突然，他听到了人群中的骚动声，循声望去，只见超市门前拉起了警戒线，几名警员正试图与一名情绪失控的精神病患者周旋。那名患者一手卡住家属的脖子，一手挥舞着一把长刀，眼神狂乱，嘴里喃喃自语，场面极度危险。

“放下刀，有话好好说！”警员们试图安抚他，但患者似乎进入了魔怔，毫无收敛之意。尖利的刀锋划破天空，闪烁着寒光。

“啊！”人群中发出一阵惊呼，大家在警员的示意下纷纷后退，脸上露出惊恐的神情。马一飞的心揪紧了，他从未见过如此可怕的场面，浑身紧张得发抖。

遇到这种事情，贵校长自然不敢靠近，转身朝学生打手势，示意大家快快离开危险区域，却先看到了马一飞。他的脸色一沉，虎着脸命令：“你怎么过来了？这里危险，快离开！”

马一飞心里自然也很害怕，拉着贵校长的手准备远离这是非之地。谁知就在转身的那一刻，他听到一个熟悉的声音：“我来试试。”

马一飞仔细一看，那人竟然是马宏烨！

他吓得整个人定在原地，一动不动地看着马宏烨和精神病患者周旋。开始，那个人很配合。岂料人群中不知是谁骂了一句什么话，刺激到了精神病患者，他手持长刀，情绪激动地挥舞着，周围人纷纷避让。那个家属此刻已经吓得瘫软在地，眼看精神病患者手中的刀就要落在家属头上，马宏烨冲了过去……

马一飞尖叫：“爸爸——”

贵校长一把抱住他，一只大手捂住了马一飞的眼睛。

马一飞使劲儿挣扎，他的脑海中只有一个念头：爸爸受伤了，我要去救他！只是他什么都看不到，身体又被牢牢固定着，只能听到四周传来纷乱的脚步声和其他声音：“人质安全——”

“退后，退后，所有人退后！”

“送医院！赶紧送医院！”

嘈杂纷乱中，马一飞听到一个无比镇定的声音：“一飞，不怕。爸爸没事儿……”

第十五章

一个秘密

马一飞站在马宏烨的病床边，为自己的天真感到羞愧。

以前，他总认为警察是现实中的奥特曼，刀枪不入，无所不能，任何危险在他们面前都不过是小菜一碟。他从未想过，马宏烨和所有人一样是血肉之躯，会遇到危险，也会受伤。虽然他从心底敬佩爸爸的勇敢，但更多的是心疼。

在医院，护士问马一飞："你爸爸的血型是什么？"马一飞一愣，脸上的表情瞬间变得茫然无措。他低头看了看地面，咽了咽口水，声音低得几乎听不见："我……我不知道。"

他心里懊恼不已，恨自己为什么平时没问过马宏烨的血型。这时，身后的一位警察叔叔走过来，伸手去马宏烨的口袋里掏他的警官证："我们的证件上有血型记录。"

护士的眉毛微微扬起，眼睛里闪过一丝惊讶和不解。

那位警察轻声解释："干我们这行容易出事，登记血型是方便受伤时急救用的……"

这一刻，马一飞才真正领悟到"人民警察"四个字的沉重和伟大。

病房里很安静，马宏烨还在睡觉。他的手臂缠满了绷带，苍白的脸上透着浓浓的倦意，眼睛微微闭着，仿佛在忍受着巨大的疼痛。为了保护那个家属，马宏烨的右肘被精神病患者砍伤，伤口深及骨头，流了很多很多血，蓝色的警服被染成令人惊悚的血衣。

事情过去了 3 天，白芷晴依然心有余悸。接到贵校长电话时，她整个人蒙了，一只手紧紧抓住自己的衣角，汗珠子从额头渗出，身体一直打着冷战。她努力克制自己的情绪，但恐惧像涨潮的海水，一波又一波地涌上来，几乎将她淹没。

待她从自己工作的医院赶到鼓楼医院时，马宏烨已经进了手术室，她想不通，马宏烨根本不分管事发辖区，他怎么受的伤？后来，是马一飞告诉她事情的来龙去脉。原来，马宏烨本想去超市买些水果和零食，好带到义卖现场慰问儿子，恰巧遇到了突发事件，危急时刻，为了周围群众的安全，他本能地挺身而出。

白芷晴发现儿子在叙述整件事的过程中很从容，有条有理。她以为他会乱作一团，哭哭啼啼的，可是一飞的神情很镇定，目光中透出一份白芷晴从未见过的坚毅。她心里忍不住惊叹儿子的变化，以前那个懦弱胆小、没有主见、只知道服从安排的小男孩不见了，取而代之的是一个能承担压力、敢于面对生活风雨的少年。

果然成长往往只是一瞬间的事儿。

马宏烨住院的日子，白芷晴破天荒地请了几天假，在家里熬制各种营养丰富的汤汤水水送去医院。空闲了，她就陪着马一飞学习，惊讶地发现儿子的功课竟然正确率极高，数学习题册上满是鲜红的“优”，就连最不擅长的英语也极少有错。

白芷晴很是不解，她回想着最近的一切，试图找到答案。是钱老师特别关注马一飞？又或是他自己突然开窍，开始认真学习了？她一遍遍地思索，随着思绪的变化，她时而沉思，时而疑惑，时而感慨。

尽管心中有万千疑问，白芷晴依然觉得欣慰。她知道，无论原因是什么，儿子在学业上终于有了进步，这是她长久以来的心愿呀。

知母莫如子。马一飞看出白芷晴的疑虑，便从书包里掏出笔记本和《助学手册》，翻开来，推到妈妈面前：“最近，我们上数学课会用《助学手册》，在家按设计好的问题进行课前预习，到学校后，在课堂上进行分享和小组讨论，最后老师给我们进行测试与总结，提高我们对每个知识单元的掌握程度。这样的学习方式可以让我发现自己在学习上的短板和不足，从而有针对性地自我完善和提高。后来，我就把这种学习方式用在英语学习上，您看——

“这是我自己画的思维导图，10 分钟内就能将英语课文中的重点单词和语法知识点展示出来，梳理出难易点，我能更好地去攻克薄弱环节。另外，为了便于记忆特殊形式的过去式，我还编了一个顺口溜，不仅我能快速记住，班里的同学，陶露露、李海都用上了。贵校长说我比老师还像老师，要我继续编类似的顺口溜，提升自己和其他同学的学习能力呢！”

白芷晴的嘴角缓缓上扬，笑意渐渐在脸上绽放开来：“原来如此。”

嘀嘀嘀！桌上的手机响了。

白芷晴握着手机站起来，走到窗边轻声问：“哪位？”停顿片刻，她的声音一下高起来：“什么？马宏烨从医院跑了？好……我马上过去。”

她挂掉电话，无奈地看着马一飞：“你爸回单位执行任务了。唉，你说他这个人怎么这么执拗呢？这才休息几天！哼，等他回家，我非教训他一通不可。工作固然重要，但身体是革命的本钱嘛……”

嘀嘀嘀，手机又一次响起来。

“急诊科人手不够？好的，我马上回医院。”白芷晴挂掉电话，毫不犹豫地进房间换衣服。

马一飞故意站在房门口，捏着鼻子说：“这才请假几天啊，又去医院？唉，工作固然重要，但是……”

白芷晴走到门边，伸手拍一下儿子的头：“去去去，小鬼头，你再说一句试试。”

"哈哈哈哈。"

马一飞大笑。身后，外婆走来拉住他的胳膊："一飞，跟外婆去厨房尝尝我刚炖好的莲藕排骨汤。"

"好嘞！"

马一飞快活极了，他觉得家里升起了一轮太阳，温暖的光芒洒满了每一个角落。他的心情如同明媚的阳光一般，充满了喜悦。

生活又恢复了平静。外婆住了一段时间，回自己家了。马宏烨和白芷晴也各自忙碌着，马一飞体谅他们的辛苦，便主动分担起家里的活儿：帮着洗碗、晾衣服；每天早上帮白芷晴挤好牙膏，倒漱口水，帮她摆放好出门要穿的鞋；睡觉前，在门廊留一盏小灯，以防夜归的马宏烨磕绊摔倒。在他出门执行任务时马一飞交给他一封信，信封口用胶水封住，惹得白芷晴十分好奇地问："有什么秘密要瞒着妈妈？"

马一飞只是傻笑："这是我们男人之间的秘密。"当他说到"男人"两个字时，不禁将肩膀绷紧，下颌抬高，仿佛已成为顶天立地的男子汉。

他为爸爸骄傲，因为他是自己的英雄，也是班里同学的英雄。

李海总是翻来覆去地在课间给没参加义卖的同学讲述那惊心动魄的一刻，虽然他没亲眼见到，讲述中加入了很多自己的想象，但马一飞还挺喜欢听李海说“刀下救人”“飞身一跃”的故事演绎。每次说完，李海就会拍着马一飞的肩膀表示：“等我长大了，如果当不了绿茵场上的球王，就当警察。我要成为人群中的盾牌，挡住一切危险。”

陶露露也一样，她告诉马一飞，自己在创作一幅新的画作——《街灯》。

马一飞大为不解，忍不住问：“《街灯》？为什么起这个名字？”

“因为那些警察叔叔穿着一样的衣服，却用千百种方式守护着我们。”

一瞬间，马一飞心潮起伏，一股暖流涌上心头。他望着陶露露，眼神中充满了钦佩。陶露露的画作不仅仅是对街灯的描绘，更是对那些默默奉献的警察的致敬。

事实上，这件事发生后，马一飞的内心有了很大的触动。他开始更加理解和尊重爸爸的职业，也逐渐意识到勇于承担责任是多么宝贵的品质。

几天后，贵校长终于带着大家去盲校慰问。

秋天的南京城，浸染在一片金黄和深红之中，宛如一幅色彩斑斓的油画。空气中弥漫着浓浓的桂花香，风吹过面庞，带来一丝清凉，令人心旷神怡。

马一飞、陶露露和其他几位同学兴奋地跟在贵校长身后，手里提着各种慰问品，都是大家用义卖款精心选购的，什么有声读物、盲文书籍、香味蜡烛和触觉玩具等等。每个人的脸上都洋溢着期待的笑容，渴望给盲童带去快乐。

来到盲校，贵校长亲切地向盲校的老师和学生们问好，并简要介绍了这次慰问活动的目的。他语气平和地说：“希望这些礼物能给大家带来快乐，也希望我们能成为朋友，共同学习，共同进步。”

马一飞采购的是一只触觉地球仪，送给了一个七八岁的小男孩，看到他脸上的笑容，马一飞觉得很幸福。人生的意义，不在于我们得到多少，而在于我们能给予多少。他通过给予和分享，内心深处得到了前所未有的幸福感、满足感。

令人意外的是，陶露露送完礼物，又从书包里掏出一包包花种子，是她在积分超市兑换的。大家不解地看着她，她小声解释道：“花种子开出的不仅仅是花，还有希望和勇气。我希望他们在黑暗的世界里也充满无限期待呀！”

她希望每一个盲童都能听到生命发出的声音。

生命发出的声音是什么？马一飞问自己，是破土而出的力量，是风雨中顽强的呐喊，是在宁静中默默发出的低语？不，真正的坚韧和希望并不需要喧嚣，而是在每一次细微的绽放中展现出无尽的美好和力量。

马一飞觉得自己的身体里也有一颗种子在生根发芽，他感到一种无形的力量，激励着他，催促着他，他必须跑起来，飞起来。

这几天，贵校长一看到马一飞、陶露露，心中便涌起一股深深的感慨。他没有想到，这些仅仅五年级的孩子，竟然已经开始思考生命的意义，并用行动去诠释他们的理解。原来生活才是孩子们最好的老师，教会他们的不仅是知识，更是面对世界的态度。

课间休息时，贵校长漫步在校园里，走廊、操场、教学楼、花坛边，每一个角落都是健康活泼的孩子的身影。围墙下，一群孩子正围着植物角，兴奋地讨论着植物最近的生长变化。一个小男孩拿着记录本，认真地记录着大家的观察结果。图书馆里，几位高年级的学生正讨论一个新课题——驿站废旧包装盒的循环利用，一张张面庞洋溢着自信。

贵校长满意极了，孩子们正以他们独特的方式，展示着成长的活力和潜力。他觉得骄傲。当他们长大后，回想起小学生活时，一定会记得这段美好的时光吧。他希望每一个孩子都在爱的呵护下长大。

“哈哈，哈哈哈！”

操场上，一群孩子围成一圈，笑得前仰后合。贵校长好奇极了，走过去想看看发生了什么。

足球队的几个男孩手指球门方向："贵校长，您看呐——"

原来，李海用力射门，没想到脚上的足球鞋飞了出去，落在了球门边。看到这一幕，队友们和围观的同学笑得停不下来，李海也不好意思地挠挠头，提着飞出去的鞋走到贵校长面前，羞涩又懊恼地说："这双鞋不合脚，不然我肯定能踢进好几个球。"

贵校长忍不住微笑着走上前，拍拍李海的肩膀，又朝他的脚上扫了一眼。那双鞋看起来大了许多，一些家长为了让孩子的鞋能多穿一段时间，总会买稍大些的，然而李海脚上的鞋很旧，甚至边缘有些磨损，他猜这是别人淘汰的旧鞋。

贵校长生怕李海尴尬，故意岔开话题："今天的天气可真好，最适合踢球了。对了，大家训练得如何了？下周的'市长杯'足球赛，大家有信心吗？"

"有！"

"有！"

"有！"

几个男孩齐声回答。贵校长俯下身，悄声说："学校给你们准备了新的参赛服，我预祝你们参赛踢得精彩，踢得团结，踢出我们金陵城小学的风貌！"

马一飞站在围观的人群中，细心地发现贵校长自始至终没有说一个“赢”字。他猜测，贵校长不是不希望自己学校的球队赢，而是希望李海和队员们能因为热爱足球，而享受踢球的真正乐趣吧。

回到教室，马一飞忍不住和陶露露说起刚才发生的好笑事儿，又带着揶揄的口吻说：“如果下周他上场踢球，再把鞋踢飞了就丢脸丢大了。”

谁知陶露露没笑，反而幽幽地说：“你知道吗？李海没有妈妈。”

马一飞不经意地说：“哦，离婚了？”

“死了。”

马一飞一怔，小声说：“至少他还有爸爸。”

“可是他爸去年摔断了腿，只能靠捡废品维持生活。”

“你怎么知道的？”

“他爸现在在我爸的公司里做仓库保管员，贵校长找我爸的……李海什么都不知道，你别说出去。所以，平时我有好吃好玩的总分给他一些。”

马一飞突然沉默了。这时，李海满头大汗地走进来，站到马一飞面前，笑嘻嘻地问：“有水吗？我忘记带水杯了，给我喝一点儿。我渴死了。”

“有！”马一飞连忙走到自己的座位上，从抽屉里掏出保温壶，转身递给李海。

李海也不客气，接过来咕咚咕咚地仰头就灌。他的头发冒着热气，敞开的校服领口散发出一股酸臭的气味，马一飞闻到了，却没有流露出半点嫌弃，甚至连眼睛都没眨一下。他偷偷看李海，脖颈处的蓝色内衣领口毛刺刺的，也不知穿了多久，深蓝已经发了白。受白芷晴的影响，马一飞从小就有些洁癖，他不喜欢和别人共用一些东西，在家用的梳子、漱口杯、浴巾、水杯，甚至吃饭用的碗筷、汤勺都是单独的，更别提每天在学校喝水的保温壶。

只是在这一刻，李海用自己的保温壶，他毫不介意，甚至在脑海中盘算，回家得和白芷晴说说好话，让她帮李海买件内衣，或者买双足球鞋。他想起积分超市里摆放的那双足球鞋。对，就买那种，李海喜欢的足球鞋！

第十六章

美好礼物

11月，银杏树的叶子渐渐变得金黄，在微风中轻轻摇曳，像一只只金色的蝴蝶在翩翩起舞。地上的落叶，踩上去发出沙沙的声音，仿佛在诉说着季节的更替。每一片银杏叶，都像是大自然的艺术品，为校园增添了几分诗意。

贵校长站在树下，手轻轻抚摸着树干，千万种思绪涌上心头。19岁那年，他来金陵城小学任教。那时，他还是一个愣头愣脑的年轻人，转眼40多年了，自己已经变成一位白发斑驳的老人。

岁月无声地流逝，任何人都不能停止它的脚步。只有树的年轮记录着寒来暑往，日夜更迭。校园里的这棵银杏树有100年的历史了，建校时它就守在这儿，陪伴了一代又一代学生的成长。几年前，金陵城小学扩建时，曾有人建议将它移走，因为它紧挨着校门，要修一个漂亮气派的校门，它着实有些碍事儿。可是贵校长没答应，他说："我们的校门虽然小，可我们给孩子的舞台很大。"

再过3个月，他就到退休的年龄了。每每想到这，贵校长的心中就充满了不舍与感慨。30多年过去了，风风雨雨中，他在这片校园里度过了无数个日子，送走了一批又一批的学生。他熟悉校园里的每一棵树、每一片叶，以及每一盏教室里亮起的灯。自己初登讲台时的青涩和紧张，学生们的童真笑脸，第一次成功举办全校师生运动会的快乐，以及学生们取得优异成绩时的自豪……一切都像电影片段般在贵校长的脑海中穿梭，往日的一切历历在目。

贵校长从地上捡起一片银杏叶，心想：最后做一片美的叶子，点缀孩子们的成长之路吧。几年来，他在细致总结多年的教育经验，他想为青年教师和家长们找到一条更好的教育途径，为孩子的幸福成长奠定基础。他希望学校成为“创造幸福，对话未来”的大舞台。

石榴节安排在周五最后一节课。一群孩子簇拥在石榴树下，等着领取自己的石榴。这些石榴长得真漂亮，每一个石榴都饱满而鲜艳，像一个个小灯笼，闪烁着诱人的光泽。

贵校长一本正经地掏出兑换名单，当众宣读：“章紫芯、赵子豪、李海……咦，林晓冰，你为什么兑换了两个石榴，我们不是约定了每人只能用积分兑换一个吗？”

人群中走出来一个小女孩：“一只送爷爷，一只送奶奶。他们每天照顾我，很辛苦哦。”

贵校长点点头：“好吧……”

马一飞站在队伍里，悄声问陶露露：“一棵石榴树能结多少个石榴？够分吗？”

陶露露似乎也意识到这个问题，隐隐担心：“不会轮到我们，石榴就分光了吧？”她抬起头看树上，贴着自己名字的石榴在哪儿呢？

贵校长开始说话了：“同学们，我们学校的石榴不够大家兑换的，你们说，怎么办呢？”

大家一听石榴不够分，立刻急得嚷嚷起来，低年级的同学更是噘起嘴巴，委屈得想哭：“我每天都认真上课，好好写作业，好不容易攒够了积分。”

“我也是！我还和妈妈说，放学了和她分享石榴呢！”一个小男孩睁大眼睛。

陶露露急得直说南京话：“贵校长这是干么斯啊？李海今天代表学校参加足球比赛了，他特地让我一定要帮他领到石榴呢。这下废得了！”

贵校长似乎早有准备，双手在空中啪啪拍几下，就看到两位食堂阿姨推着一辆三轮车走过来，车斗里堆着红艳艳的大石榴。

“同学们，这些石榴是我请食堂阿姨从云南山区购买的。那儿的孩子生活很困难，只有卖了石榴才能买书包、本子和笔，只有卖了石榴才能吃上饱饭，所以，我们的石榴节不仅兑换学校的石榴，也兑换山区孩子家种的石榴，大家说好不好？”

孩子是最善良的。贵校长的提议得到所有人的赞同，于是，兑换顺利进行。马一飞和陶露露收到的是山区石榴。

其实，贴着他们名字的石榴依然在树上，可是低年级的小朋友希望得到树上的，他们就让出来了。当然，陶露露替李海拿到了贴着他名字的那个石榴，因为那是她承诺他的。

大家兑换完石榴都不舍得吃，一个个捧着，翻来覆去地看，甚至凑到鼻子下面闻了又闻。

贵校长看着这情景，忍不住笑起来，他温和地劝说道："同学们，不要只看着闻着呀，这些石榴不仅美丽，味道也是极好的。尝一尝，感受一下山区孩子们的心意。"所有人依然无动于衷，依旧小心翼翼地捧着石榴，仿佛它们不仅是一个水果，更是一份沉甸甸的希望。

丁零零——丁零零——熟悉的铃声响起来。

放学时间到了，大家背起书包，像鸟儿一般涌向校门口，出门时，纷纷挥手："贵校长再见——"

"贵校长明天见——"

"再见！明天见！"

贵校长的脸上笑容可掬，手在空中对着孩子们轻轻挥动。等他送完孩子们，一转身，发现一位年轻的数学老师站在银杏树下，眼中闪烁着兴奋和期待的光。

贵校长猜他是在等自己，便走过去询问。

年轻老师略带羞涩地问："贵校长，我这几天设计助学单时，有一个想法，想请您支持。"

“哦？说说看，你有什么特别的计划？”

年轻老师深吸一口气，继续道：“我希望能带学生们到麦田里上数学课，在实际环境中教他们与测量有关的知识，比如如何测量麦田的面积，计算作物的产量，甚至是利用几何原理来规划种植区域。我相信，这样的实践课程不仅能激发他们对数学的兴趣，还能让他们更好地理解数学在生活中的应用。”

贵校长的眼中闪过一丝惊喜的光芒：“这是个非常棒的主意！教育不仅要传授知识，更要让学生们理解这些知识的实际应用。”

年轻老师得到肯定，心里很高兴：“谢谢贵校长，只是……我还没找到合适的麦田。您能不能帮忙找找？”

“麦田啊，现在已是初冬……对了，我们是否可以改成菜园，我们带着孩子们一起在学校后门的空地上种菜，既能教学，又能劳作，一举多得哦。”

“对对对！这办法也不错。我现在就回去写教案。”

贵校长拍了拍他的肩膀，鼓励道：“希望你能带领学生们在菜园里感受数学的魅力。”

第二天，那位年轻老师便带着学生在校园里忙起来。他手持测量工具，向学生们解释如何测量菜园的长度和宽度。学生们认真地记录数据，计算面积，偶尔也讨论几声：种什么菜长得快，种什么菜能在低温下保证较高的出芽率……同学们兴奋地发表个人意见，时不时讨论一番，他们在实践中学到了书本上难以体会到的知识。

马一飞和陶露露并肩站在走廊上，他们看着下面的师生翻土播种，感到有些惊奇。他们尚不知道这是一节特殊的数学课，还以为他们是兑换了花种子，打算在此建个小花园呢。

突然，陶露露转过身，背倚在栏杆上问："你说，李海下午的足球比赛结果如何？这可是他第一次代表学校参赛呢。"

马一飞信心满满："肯定一级棒！"说完，他往陶露露面前凑了凑，神秘地告诉她："等他回来，我要送他一个礼物。"

"什么？"

"等着看吧！"

一整个下午，马一飞处于亢奋之中，他有一种强烈的预感，李海会进球，会成为学校足球队一颗冉冉升起的足球新星。他从心底期望李海长大后当足球明星，享受更多的快乐。作为朋友，马一飞不希望李海成为警察，那种提心吊胆、坐立不安的滋味儿，不能让李海的孩子再体会一遍。

马一飞想到这，为自己的自私狭隘而羞愧起来。如果大家都不当警察，谁去抓坏人，维护城市的安宁呢？

他想到自己在学的创意编程，脑海中冒出个新想法：用智能警察呀！等到大家都长大了，抓坏人的事儿就交给智能机器人吧，再没有警察需要去冒险，他们可以享受生活，陪伴家人。于是，这天社团活动时，马一飞在信息教室听课格外认真，想为心中那个梦想努力向前。

放学前，钱老师匆匆赶到教室宣布一则通知：元旦前举办全校大合唱会演。

教室里的人一听，兴奋得几乎要跳起来，纷纷议论着比赛的事情。有人开始讨论选什么歌曲，有人则想着如何排练。

“安静一下，听我说完，”钱老师笑着抬起手，示意大家安静，“比赛将在一个月后举行，我们要选一首最能代表我们班风采的歌曲，还要选出指挥和领唱。”

班级里的气氛热烈起来，每个人都跃跃欲试。陶露露苦着脸说：“我不擅长唱歌呢，只能跟着凑凑热闹吧！”

“哈哈哈哈！凑数也很重要哦！”大家宽容地笑起来。

钱老师很喜欢班级里的这种团结友好的氛围。她不希望自己的学生在竞争中拼个你死我活，而是希望他们在合作中找到快乐，在互助中共同成长。

她对大家说：“每一缕阳光都有自己的颜色，每一个人也有自己独一无二的魅力。大合唱啊，重在人人能参与，享受集体活动的快乐，体验团结合作的力量。”说完，她抬手看一眼手表，宣布：“放学！”

马一飞跟着大家走出教室，听到2班传来吴老师的毫无商量余地的声音：“这些作业晚上都得不折不扣地完成。五年级是非常关键的一年，今天多学一些，学得扎实些，明年考外国语学校时也多一成把握。不要小看这个小升初，能进入好的初中，就相当于你们一只脚跨入重点高中的门槛了。总之，我们先定一个小目标：期末考试超过3班，大家有信心吗？”

教室里稀稀拉拉地回答：“有……”

“到底有没有？”

“有——”声音高了几分。

“另外，我们班这次大合唱比赛不用花时间排练，音乐课代表找首课上学的歌，我们就走个形式吧，把时间、精力用在学习上。我就不信，我们考不过3班！放学！”

“哦——放学喽——”

教室里爆发出一片期待已久的欢呼声，接着，一群人像逃出囚笼般冲出教室，飞奔向楼梯口，生怕走慢了会被吴老师留下来再做几道题。

马一飞看到这一幕，也脚下抹油，匆匆出了学校。他要回家问问白芷晴，自己托她办的事儿完成了没有。

马一飞推开家门，发现地上有一双白色的护士鞋，知道白芷晴已经回来了。他心里一阵高兴，看来今天晚上可以吃妈妈做的饭了。外婆走后，他已经吃了好多天的外卖，真想念自己家做的饭菜。他对着厨房高声问：“妈，我们晚上吃什么？”

“意大利肉酱面！”

“哇，真高级。”

他卸下书包，在水龙头下匆匆洗了手，钻进厨房。扑哧，他忍不住笑起来。水池边，白芷晴手戴白色一次性手套在砧板上笃笃笃地切洋葱，头上套着一只白色的浴帽。每次下厨房，她都是这副打扮，生怕头发丝掉进菜肴中，引起卫生问题。

白芷晴看向马一飞：“洗手了吗？”

“洗了。”

“去，帮我把冰箱里的番茄酱拿过来。”

“得令！”

马一飞走出去取番茄酱，回来时看到白芷晴将橄榄油倒入热锅，油在锅中发出轻微的嗞嗞声，随即将切好的洋葱末、牛肉丁和蒜泥倒入，香气瞬间在厨房里弥漫开来，仿佛一道无形的幕布，悄然拉开美味的序曲。马一飞的味蕾翻腾，舔着嘴唇问：“还要多久才能吃？”

白芷晴握着一柄木铲轻快地翻炒着，洋葱和蒜在油中变得金黄，接着，她将另外一口锅里煮好的意大利面用漏勺捞在盘子里，再打开番茄酱，轻轻地倒入锅中，红色的酱汁与金黄的食材相遇，犹如一幅生动的油画。她细心地搅拌着，让肉丁都浸润在浓郁的番茄酱中，最后加入调味料，罗勒、牛至、迷迭香，仿佛魔法师在调制一剂独特的魔药，空气中的香气愈发浓烈，整个厨房都沉浸在一种令人垂涎欲滴的气息里。

忽然，马一飞想起那件重要的事儿："妈，东西呢？"

白芷晴抬起一只手往外指了指："在客厅的茶几上。"

"太好了！"

马一飞跑出去，看到茶几上果然放着一只崭新的保温壶，颜色、款式和自己的一模一样。

这是他打算送给李海的礼物。

最初，马一飞想让白芷晴买一双足球鞋，可妈妈问他李海穿多大鞋码时，他报不出来，便决定先送他一只保温壶。来日方长，他打算过一段时间再送李海足球鞋。

白芷晴端着意大利肉酱面走出来："怎么样，满意吗？"

"满意，非常满意。谢谢妈妈！"

"只是……"白芷晴犹豫一下，还是将心底的顾虑说出来，"这不过节，也不是李海的生日，你突然送礼物给他，会不会不妥？"

"不妥？天底下谁不喜欢礼物？"

马一飞觉得他们是朋友，朋友之间送份礼物不是自然而然的事儿吗？他将保温壶塞进书包，心里不禁憧憬着，李海收到礼物时应该又惊又喜，然后抱着它哈哈大笑，在教室里又蹦又跳，手舞足蹈。

第十七章

出乎意料

马一飞走进教室，听见陶露露兴奋地说：“你们听说了吗？特大喜讯！我们学校的足球队进入决赛了。”

“真的？哇——太棒了！”

教室里一片沸腾，马一飞和几个同学围在陶露露身边，想听听她还有什么爆料。

“你们知道吗？”陶露露的眼睛闪闪发光，语气中充满了骄傲，“听说李海上场不到10分钟就射门成功了，气得对方守门员又是敲自己脑袋，又是跺脚的，哈，我真想去现场看决赛，给足球队助助威。”

“下个月决赛吧？好像在元旦前后。”

陶露露一脸向往地说：“希望赛事能安排在周末，这样我就能去看比赛了。刚才，我去体育组打探情况时，领队老师一个劲儿地夸我们班的李海，说他踢得特别好，不仅传球精准，控球技术也是一流的，还要我们好好照顾……”

“你们这是干什么呢？”

不知道何时，吴老师站在了教室门口。她双手捧着教具和作业本，绷着脸问：“已经是早读时间了，你们还瞎聊什么？班长和课代表怎么不出来管管？你们班主任呢？”她环顾一圈：“怎么不来监督早读？”

陶露露大着胆子上前：“吴老师，钱老师今天去医院检查身体了。”

吴老师不买账："检查身体就不管学生了？"

她这么一说，教室里瞬间变得鸦雀无声，几个人吐吐舌头，灰溜溜地走回自己的座位，掏出书本，开始早读。

吴老师见自己的话起到了作用，脸上露出几分得意："一日之计在于晨。早上的时间最宝贵，你们千万不要浪费。再说，你们班吵吵闹闹的，也影响我们班同学早读的学习效果啊。"

"真啰唆！"不知是谁发了一句牢骚。

大家惊诧不已，想看看是谁如此大胆。吴老师想发火又没发出来，马一飞不知接下来会发生何等惊天动地的一幕，这时，李海出现了。和他一起出现的还有贵校长。准确地说，李海是被贵校长架着胳膊走进来的。

陶露露第一个站起来："李海，你怎么啦？"

她这么一问，马一飞立刻发现李海走路的姿势不对，一跛一跛的，似乎腿部受伤了。他关切地上去扶住李海的另一条胳膊，又从贵校长手里接过书包，将李海小心地引到座位上："你怎么啦？"

李海不好意思地搔着头皮说："昨天踢球时，不小心扭了脚，在场上我丝毫没感觉，等比赛结束了，发现脚脖子肿起来了。"

陶露露忙问："还疼吗？有没有看医生？擦药了吗？"她拍着脑门后知后觉地自语："怪不得领队老师

要我们好好照顾你。”

教室里又活跃起来，十多个人围拢在李海的周围，七嘴八舌地询问他感觉如何，需要几天才能恢复健康。马一飞则拧着眉认真地说：“这段时间，我帮你背书包。”

“中午，我帮你打饭。”

“我扶你上厕所。”

“喝水叫我！”

喝水！马一飞好似得到了提醒，忙转身去抽屉里拿保温壶：“李海，瞧，这是什么？”

李海疑惑地接过去：“这不是保温壶吗？”

“我送你的！”马一飞笑着说道。

“送我？”李海的脸色瞬间变得复杂起来。他觉得众目睽睽之下，自己仿佛变成了一个需要别人施舍和同情的可怜虫。

周围的同学们都注视着这一幕，有的窃窃私语，有的露出关切的神情。李海的心里涌起一股强烈的抵触情绪，他不喜欢这种感觉，不喜欢被人当作需要帮助的对象。

李海的手指紧紧握住保温壶，脸上闪过一丝尴尬和愤怒。他抬起头，看着马一飞，语气里带着一丝冷意：“谢谢，但我不需要。”他把保温壶还给马一飞，目光坚定而决绝。

马一飞愣住了，脸上的笑容僵住，手里的保温壶变得沉重起来。他没想到李海会有这样的反应，一时间不知道该说什么。

“李海，别这样。”陶露露走上前，试图缓和气氛，“马一飞只是关心你，想帮你。”

“我知道你们是好意。”李海深吸一口气，努力克制自己的情绪，“但我不需要同情，也不需要施舍。”

他的话让周围的气氛变得沉重起来，同学们不再说话，只是默默地看着他们。

马一飞感到一阵无措和失落，他从没想过自己的好意会被这样理解，捧着保温壶的手微微颤抖，心中涌起一阵难以言喻的复杂情感——愤怒、失望、困惑交织在一起，让他一时不知所措。最后，他低下头轻声说：“对不起，李海。”

李海看着马一飞的样子，心中一软：“我明白你的好意，但请你尊重我的选择。”

两人僵着，空气仿佛凝固了一般。就在大家欲言又止、无所适从时，下课铃响了。

李海站起来，一瘸一拐地走了出去，脊背挺得笔直。走过吴老师面前时，吴老师竟然侧了侧身体，给他让出一条通道，仿佛从她面前走过的是一位巨人。

贵校长将一切尽收眼底，却什么都没说，转身问陶露露：“你们班今天有自习课吗？”

“有。上午最后一节。”

“好。”

贵校长背着手缓缓地走了出去。

吴老师蓦地惊醒：“哎呀呀，早读浪费了。可惜，可惜！”她噔噔噔地跑进2班的教室，隔着老远，马一飞听到刺耳的命令：“课间都不许休息，除了上厕所的，都给我做两道应用题。”

马一飞看着李海的空座位，始终想不明白，自己的好心怎么会换来了驴肝肺？他不过是心疼李海，希望他随时能喝上热水罢了。马一飞的心中充满了困惑和苦涩，仿佛跌入了一片迷茫的海洋，找不到方向。他反复回想自己的行为，明明是出于真心的关怀，却在李海的眼中变成了施舍和同情。这种误解像一根尖锐的刺，深深扎进他的心里。

爱，或许会让人伤痕累累吧。

自习课开始了。

贵校长出现在教室，手中捧着两只苹果。他将它们并排摆放在讲台上，目光在班里巡视一圈。同学们一时鸦雀无声，纷纷瞪大了眼睛盯着讲台上的苹果，不知道他葫芦里卖的是什么药。

讲台上，两只苹果形成了鲜明的对比。大的一只表皮光滑细腻，闪耀着诱人的光泽，仿佛在展示它的成熟与美丽；另一只明显很小，青涩的颜色和粗糙的表皮昭示着它尚未成熟，看起来毫不起眼。

教室里静得出奇，马一飞可以听到轻微的呼吸声。

陶露露迷茫地看着前方，和身边的同学面面相觑。有几个人按捺不住了，窃窃私语：“贵校长这是要请谁吃苹果？”

马一飞的心里也充满了好奇，又有些忐忑，贵校长的眼神里透着一丝意味深长，直觉告诉他，接下来的事儿一定不简单。

贵校长清了清嗓子：“我想用这两只苹果做一个小小的实验，请马一飞同学上来。”

“哦。”

马一飞愣了一下，乖乖走上去。

“请你选一只苹果送给李海。”

马一飞的脑子嗡嗡直响，这是一场考验吧？早上，他刚和李海闹得不愉快呢。

“选啊！”

“快选啊！”

教室里的人看戏一般嘻嘻怪笑着，气氛极其微妙，他们交头接耳，从座位上探出半个身子往前看，等着马一飞做出选择。

大庭广众之下，他可不想被同学看成记仇的人。马一飞深吸一口气，看看那两只苹果。大的一定是精品苹果，因为面对他的一面贴着“福”字。于是，马一飞抬起手，用食指指着那只大的说：“我选这只。”

教室里一片嘘声，似乎这个选择早在预料之中，却又引得一些人失望，似乎马一飞选小的那只才更值得他们等待——看热闹的人总希望出现一些戏剧般的反转。

贵校长抬手示意马一飞回座位，又冲着李海招招手：“你上来。陶露露，你扶他。”

李海和陶露露并肩站到讲台后面。贵校长伸手抓起那只大苹果，轻轻揭开“福”字，又原样摆放回去。“李海，现在请你给马一飞选一只苹果。”

所有人的目光聚焦在李海的手上，他毫不犹豫地指向那只小的：“这只。”

“哦——”

教室里又是一片嘘声，大家不可思议地看着李海，似乎在质问，在谴责。刚才马一飞给他选的可是大苹果，他怎么能选小的呢？

马一飞坐在座位上，脸上红一阵、白一阵的，心里不停地骂：好你个李海，我给你选大的，你却给我选小的。枉费我把你当朋友！

这时，站在一旁的陶露露急了。她一把抓起讲台上的大苹果，将它的另一面展示给全班同学：“大家看呐，这是一只烂苹果，它的洞刚才被‘福’字遮住了，所以李海选了小苹果，至少它不是坏的呀！”

“哇——哦——”教室里顿时爆发出一阵惊呼声，大家七嘴八舌地议论起来，有的指着苹果，有的互相交换着震惊的眼神，似乎一下子明白了什么。

“原来如此啊！”一个同学拍了拍额头，恍然大悟。

“我还以为李海是个小气鬼呢，原来是有原因的呀。”另一个同学点头说道，脸上露出佩服的表情。

“看，外表漂亮的东西也不一定完美。”

“站在不同的角度，做出的判断和选择也不一样呢。”

“所以我们要多角度思考问题。”

贵校长听到大家的议论，满意极了，从口袋里掏出一只水果刀，将小苹果切成一片片的，请几个同学品尝：“怎么样，味道还不错吧？甚至有些意外的爽口和脆甜吧？”

贵校长真是一位了不起的校长啊！

李海的目光看向马一飞：“马一飞！”

马一飞心里咯噔一下，脸上热起来：“嗯？”

李海接着说：“我很喜欢那只保温壶，我能用我积攒的 800 积分和你换吗？我知道你一直想兑换积分超市里的那款乐高，希望这 800 积分能帮你。”

马一飞干脆利索地说：“好！太好了！”

啪啪啪！啪啪啪！掌声响成一片。

贵校长走上前，拍了拍两个男孩的肩膀，说道：“你们做得很好。互相理解，比任何礼物都重要。通过这次交换，你们不仅获得了自己想要的东西，更学会了尊重和体谅对方。”

同学们纷纷点头，陶露露也笑着说：“对啊，李海，用积分换保温壶，这样你拿到了你想要的，马一飞也能拿到他的乐高，真是一举两得！”

贵校长接着说道：“孩子们，这就是我希望在你们身上看到的品质——友善、互助和理解，还有解决问题的智慧！”

第十八章

惊喜一刻

马一飞看着钱老师，回忆她刚才的话，足足过了10秒钟才猛然惊醒。“呀！让我做代表参加创意编程大赛！”他的脸烫起来，心怦怦直跳。

“真的吗？派我去？还有谁一起参赛？”

“你一个人，因为上课的老师说你学得最好。”

马一飞说“好”的时候，鼻子里酸酸涩涩的。他要代表学校参加比赛啊！马一飞想说些什么，无奈喉咙堵得死死的，只能不停地点头，“嗯嗯”个没完。

钱老师摸摸他的头发，温柔地说：“加油哦。”

马一飞从办公室出来，发现陶露露和李海并肩站在楼梯口。一看到他，两个人就迎上来：“‘美羊羊’找你什么事儿？”

他尽量让自己的声音听起来波澜不惊：“代表学校参加全市青少年创意编程大赛。”

陶露露兴奋地尖叫：“哇——太棒了！”她伸出一只手使劲儿拍马一飞的肩膀：“我就知道你行！我就知道你行！我就知道……”说着说着，她的声音走调了，两只眼睛里浮出一片水汽，嘴巴却笑得像一只炸裂的西瓜。

李海在一边满脸堆笑，两只手在口袋里摸索片刻，掏出一只棒棒糖：“给，庆祝一下！这是我上次参赛进球后，教练奖励给我的，我一直没舍得吃。”

马一飞接过来，发现棒棒糖的包装纸已经有些松动，颜色也变得暗淡，甚至还沾上了一点点从运动裤上掉下来的绒毛。毫无疑问，这只棒棒糖在李海的口袋里揣了很久，这一刻他却送给了自己。

“谢谢！”马一飞不想辜负好朋友的善意，麻利地撕开包装纸，糖球微微变形，含在口中却格外的香甜。

“马一飞，你一定要赢哦！”

“为我们班争光，为学校争光，为贵校长争光！”

马一飞听到“贵校长”三个字，忍不住问：“你们说，贵校长出差多久才能回来？”

“他去山区推广新的教学模式，听说下周才回来。”

“哦。”马一飞点点头，紧张兮兮地提醒他们，“比赛的事儿先别在班里声张，免得……免得……嘿嘿。”

陶露露心知肚明：“免得丢脸吗？放心，等你赢了，我们好好庆祝。”

“一言为定！”

三个人返回教室，发现所有的课桌和椅子都被腾挪到教室后面，就连讲台也靠墙立着。教室有了一片空地，文艺委员正给大家排队列，看到他们三人眉头一挑：“你们再不来，我都没法安排你们的位置了。”

陶露露忙不迭地道歉：“对不起，对不起。我随便站个角落吧，谁让我五音不全呢！”说完便冲马一飞眨眼睛。

马一飞假装没看见，拉着李海站到男生的队列中。

播一粒种子
让心愿发芽开花
用缤纷的果实
把阳光报答
童年的梦
是在快乐中长大
伴着光阴的期待
生长吧
扬起了笑脸
把志向写进童话

大合唱选的是《生长吧》这首歌，大家唱得神采飞扬，意气风发。整个教室浸润在昂扬的气氛中，每个人的身上都洋溢着自信、喜悦和蓬勃的生机，大家用歌声传播着少年心中的梦想和希望。

转眼，南京进入12月。寒意渐渐浓重，仿佛一夜之间，城市被寒冷所笼罩。街道两旁的树木早已褪去了秋日的斑斓，只剩下光秃秃的枝干在寒风中摇曳。那风冷得透骨，呼啸着穿过大街小巷，掀起人们的衣襟和围巾，仿佛要将所有的温暖都卷走。

清晨，空气中弥漫着淡淡的雾气，街道变得朦胧。行人裹紧了厚重的冬衣，匆匆走着，呼出的白气在寒冷的空气中凝结成一团团雾霭。路旁的小摊贩们缩着脖子，双手不停地搓动着，试图从掌心中获得一丝温暖。

马一飞匆匆吃完晚饭就回屋写作业了。他给自己列了一张时间计划单：几点写作业，几点温习功课，几点背诵英语单词，几点练习创意编程……他在每一个时间段里努力着，不磨蹭，他知道只有合理使用时间，才能在学习和比赛中取得好成绩。

夜色渐深，马一飞抬头看看闹钟，不知不觉已经晚上 10 点了。他伸一个懒腰，又搓搓双手，满意地看着计划单上逐一打上的红钩，心中充满了成就感。今天的努力是为了明天更好的自己，马一飞坚信，每个努力的夜晚都会化作成功的阶梯，助自己一步步攀登上梦想的高峰。

客厅里，白芷晴捧着手机，忐忑不安地向钱老师询问马一飞最近在校的情况。这段日子，她实在是忙坏了。冬季流感暴发了，医院里满是感冒发烧的人。急诊科的护士们像织布机上的梭子，在输液室、配药间和过道里不时地跑来跑去，她自己更是忙得连上厕所都是跑着去，跑着回。时间被压缩得很紧，陪伴马一飞的时间少得可怜。白芷晴心中充满了对儿子的愧疚和担忧。马宏烨又出门去侦破新的案件，虽然他每天会在微信上发一个“一切平安”或“一切顺利”的信息，但白芷晴还是没来由地担惊受怕，期待他回来。她想好了，一定要和马宏烨带儿子去逛动物园，哪怕请假也要去。家不是一座房子，而是温暖的陪伴与呵护。

嘀嘀嘀！钱老师回了一条信息：“马一飞最近学习成绩提高很快，我相信他期末会有更大进步。”

白芷晴又惊又喜：“谢谢钱老师的帮助，您辛苦了！”难得听到老师夸赞儿子，白芷晴仿佛吃了蜜糖一般开心。

嘀嘀嘀！钱老师又回信息了：“孩子进步是他自己努力的结果，我有什么功劳呀？其实，马一飞的脑瓜子一点儿都不笨，他就是偷懒，不肯动脑筋，没把心思用到学习上。现在，班级在尝试助学课堂的教育模式，调动每一个孩子的学习主动性。我相信他再努力一点儿，成绩还能提高。”

“谢谢钱老师！”

“不用谢。我们当老师的就图孩子们身体健康、学业出众。”

白芷晴放下手机，来到马一飞的房门前。透过虚掩的门，她看到儿子像一台马力十足的电机哒哒地运转着，仿佛身后有一只看不到的手在推着他往前跑。

星期一早上，马一飞走进学校时，看到贵校长又笑盈盈地站在校门口迎接学生，他激动地跑上去，喜滋滋地说："下个星期，我就代表学校参加全市创意编程的选拔赛了。您放心，我一定进入决赛，给您捧只奖杯回来。"

贵校长见他胸有成竹，反而担心他初次参赛，没多少经验，又是新学不久，决定提醒几句："马一飞，参加比赛固然重要，但千万不要掉以轻心。无论结果如何，你在这个过程中的认真和努力才是最宝贵的。"

马一飞踌躇满志："老师说了，我的水平比学了一年的孩子还高几分呢。放心，我一定为学校争光。"

他打从心底希望为学校争光，像李海那样雄赳赳、气昂昂地奔赴赛场。想到这，马一飞问贵校长："您最近不会再出差了吧？元旦，我们都去看'市长杯'决赛呢。"

"我也去助威！"

"太好了！"

马一飞这么问其实是有自己的小心思的。"市长杯"结束后，很快就是创意编程决赛的日子，他希望贵校长也能去给自己助威。

上午两节课结束后，教室里的小喇叭吱吱啦啦地响起来："通知，请足球队队员到体育组开会。"

马一飞的目光飞快地投到李海身上，只见他的下巴微微抬着，大模大样地背着手走到陶露露面前，神气活现地说："我去开会了。"

"是讨论参加'市长杯'决赛的事儿吧？"

李海耸耸肩膀："有可能。"

陶露露撇一下嘴角："啧啧啧，瞧你这副得意劲儿，是不是想拿'市长杯'的冠军啊？"

李海正色道："怎么是想？我们肯定会拿冠军！"

"你若拿到冠军，我请你吃一顿大餐。"

"一言为定！"

李海微微抬起头，挺直腰板，脚下仿佛踏着一股看不到的力量。

陶露露跟着他走出去，看着前方的身影在走廊的墙壁上映射出一个巨大的影子，她觉得李海其实并不是一个又瘦又小的男孩。

走廊上，马一飞从后面追上陶露露，伸出一只手轻拍她的肩，用只有两人能听到的声音说："你不应该请他吃大餐，应该送他一双足球鞋。"

"足球鞋？"

"你没发现吗，李海只有一双又破又旧的足球鞋。"

"哦？"

陶露露听他这么一说，噌噌噌地快走几步，想追上李海看个究竟，可他已经在楼梯拐角处消失了。

做完课间操，马一飞和陶露露并肩返回教室时，发现李海正在座位上忙着。他迫不及待地脱掉棉袄和毛衣，穿着旧秋衣试穿刚刚领回来的新队服。这套队服是红白拼接的，左胸前绣着醒目的红色队徽，背后是一个巨大的数字：10。这是李海最崇拜的球员的号码。周围，几个男孩子围着看热闹，眼中满是羡慕。

李海故意腆着肚子兴冲冲地问："马一飞，陶露露，你们看我穿球服怎么样？帅不帅？"

陶露露点头："嗯，帅！"一双眼睛故作打量地从他的头看到脚。老天，他的脚上真的穿着一双糟糕透了的足球鞋，脏、破不说，鞋带竟然还是两种颜色，不知是不是拼凑起来的。他就是穿着这样的鞋在上一次比赛中进球的？有那么一瞬间，陶露露恨不得脱口而出："我送你一双鞋！"不，不行！理智强迫她只是咧嘴嘻嘻笑着，她有一搭没一搭地问："学校只买了球服？没有护膝什么的？"

"你知道吗，这次比赛的球服是贵校长给的钱，是用他外出讲课的劳务费。"

马一飞有些不解："贵校长出的钱？"

李海解释："养一支足球队可不容易哦！我们学校能坚持好几年，全靠贵校长支持。"说到这，他的手抚摸着身上的球服，满含深情地表示："我一定要踢好决赛！"

丁零零——丁零零——上课铃响了。

李海手脚麻利地脱下球服，重新穿戴整齐，开始上课。

马一飞回到座位上，掏出数学书。这节是数学课，钱老师一只脚刚迈进教室，就急急忙忙地问："同学们，大家快商量一下大合唱穿什么服装？需要采购演出服吗？哎呀，刚才在办公室，我看到别的班买了很多好看的演出服。"

"演出服，大合唱肯定要买最好看的，服装也要计算分值吧？"

"别人买什么了，我们买更好看的！"

"什么贵，买什么！"

"对，我们3班必胜！"

教室里讨论得热火朝天，马一飞咬着嘴唇不出声，他的目光在李海身上停顿。"不就是一个大合唱吗，唱才是第一吧！"李海的声音在人群中微不可闻，可是马一飞知道，这令他非常为难。

陶露露一向聒噪，这一刻却眉头紧拧，沉默不语。

为了这即将到来的大合唱会演，全班每一个同学都投入了前所未有的热情和努力，课间休息，甚至放学后都在积极排练，大家力求在演出中展现出3班最完美的状态。

钱老师站在讲台后，一只手轻轻地抚摸着腹部，她的肚子已经明显隆起来了，看学生的目光中带着毫不掩饰的母亲的光晕："陶露露，你怎么不说话？"

周围人也好奇："对呀，你怎么不说话？"

教室里渐渐安静下来，陶露露坐在那儿犹如一尊雕塑，直到身边的人用胳膊肘轻撞她，她才如梦初醒地回过神来，却又答非所问："钱老师，当妈妈是一种什么感觉？"

"啊——"周围一片哗然。

陶露露说："我曾经看过一次画展，有张画给我的印象很深刻。一条很长很长的河流，蜿蜒曲折，流过山峦、谷底、草地、森林、村庄。画的注释写的是：重要的不是我们得到什么，而是我们可以留下什么。钱老师，我想我们班的大合唱也应该留下一些什么，不仅仅是奖状。"

钱老师、马一飞、李海，更多的人凝视着陶露露，在她的脸上仿佛绽放出一朵奇异的花。

第十九章

峰回路转

谁也没料到，陶露露那充满艺术灵感的大脑，竟给五（3）班的大合唱带来了令人惊叹的装扮创意。

开始，马一飞觉得她的想法实在天真，陶露露竟然说："我们班不用买演出服，就穿平时的校服。我会为每个人制作比赛用的道具，让我们班以别样的精彩呈现在全校师生面前。"

马一飞理解她的一片好意，不买演出服可以节省支出，可是制作道具不需要材料？不用花钱？再说，陶露露一个人能为全班42人制作完成？距离演出只有两周了，他说出了自己的顾虑："制作道具也要花钱买材料吧？道具用完了能干什么？演出服至少可以留待下次集体活动时再利用啊！"

"对！马一飞说得很有道理，道具用完就没用了。"

"我们班还是别另辟蹊径，抄抄其他班的作业，也去网上买演出服吧。"

陶露露眼中闪烁着一丝狡黠的光芒，像一只小狐狸在她的瞳孔里跳跃："我做的道具不需要花一分钱！"

她灿烂一笑，如同寒冬中掠过雪地的一缕阳光，带着一丝温暖，让周围的人心头不禁涌起一股暖意，仿佛在寒冷中看到了一抹春的希望。

"不花钱？怎么可能不花钱？"

"你倒是说说！"

马一飞觉得不可思议，钱老师也忍不住问：“陶露露，你做的道具不需要材料吗？”

陶露露笃定地点头：“不需要花钱，但我需要几个助手！”她的手指向马一飞和几个同学。

“帮忙？没问题。”大家很乐意。

放学后，马一飞他们几个人就跟在陶露露身后，浩浩荡荡地去办公楼，去每一间办公室讨要报纸。原来陶露露要用报纸和颜料制作道具。

“亏你想得出这么个点子！”

大家将厚厚一沓报纸摆放在教室的课桌上，看着陶露露小心翼翼地展开报纸，裁剪出椭圆形、圆形等形状，再用手中的画笔，蘸上鲜艳的丙烯颜料，在纸上轻柔地滑动。金黄的颜料如同阳光般温暖，绿色则像是新生的希望。这些颜色在报纸上跳跃、交织，仿佛在诉说着一个个美丽的故事。之后，她用细棉绳捆扎固定，做成花叶和花瓣，最后拼接在一起，形成一朵金黄色的向日葵。

她试做完一朵后，便开始给几个人分工：专门裁剪形状的，专门在报纸上涂抹颜色的，专门捆扎的。

“马一飞，你专门负责画向日葵的花心。”陶露露说完，给马一飞做示范，“你先勾勒出花瓣的纹理，再在花心处点缀一些深褐色的细点……好，这样就更像向日葵了。”

差不多忙了一个星期，42 朵向日葵全部制作完成，一朵朵地摆放在教室后面的储物柜、窗台、书架上，朴素的教室被一片金黄色的花海点缀得流光溢彩。课间，总有同学站在向日葵边上欣赏，赞叹陶露露的奇思妙想，说她让最平凡的报纸焕发出一种生命力。

正式演出定在元旦放假的前一天，地点是学校的大礼堂。当全班人手捧向日葵候场时，陶露露用水彩在每个人的脸蛋上画了一面鲜艳的五星红旗。这份独特的装扮让其他浓妆艳抹的班级有种说不出的羞怯，忍不住懊恼："我们化的妆，好像马戏团的小丑！"

五（3）班的演出获得了一致好评，虽然没有拿到期望的冠军，得了第二名，却被评委老师一致评选为"最佳创意集体"。

演出结束后，大家照例回到班级。钱老师一只手撑着后腰，一只手指挥陶露露站在板凳上将奖状贴在黑板边上。大家看着奖状，眼里满是欢喜。接下来，就是这一年的最后环节：全校大扫除。

就在大家挽起袖子准备大干一场时，贵校长和体育老师一前一后来了。两人进门就问："李海呢？"

"李海！李海！"

七八个人在教室里找，没发现他的身影。马一飞飞奔到走廊，看到水池边上的李海，扯着嗓门大喊："李海——赶紧回来。”

李海回头瞥一眼，提着拖把不紧不慢地往回走：“怎么了？”

“贵校长和体育老师找你呢！”

李海一愣：“找我？什么事儿？”

“不知道！”马一飞从他手里接过拖把，催他快进教室去看看。

李海看到贵校长，忙问：“您找我？”

贵校长点点头：“明天你们足球队要代表学校参加决赛了，我和体育老师决定给你们送一些好彩头。”

李海不解地问：“彩头？什么意思？”

贵校长朝体育老师使了个眼色，体育老师忙将带来的一只大口袋敞开，从口袋里掏出几张刮刮乐卡片，对他说：“每个球员发一张刮刮乐卡片，中什么奖品全凭各自好运气哦。”

陶露露搓搓手心：“李海，要不要我帮你抽？”

李海似乎还没搞清楚状况，挠着头皮问：“什么奖品？我可不要花种子。”

贵校长笑起来：“既然是给足球队的，肯定都是球员用品，比如护膝、手套、球袜、足球鞋什么的，反正没有空门。李海，赶紧挑一张卡片吧。”

他说到“足球鞋”时，如同蜻蜓点水一带而过，可是细心的马一飞却觉得哪儿不对劲儿，直觉告诉他，贵校长和体育老师是带着某种秘密来的。

体育老师的手摊到李海面前："请吧——"

李海的两只眼睛在那几张卡片上看来看去，迟迟不动手，急得陶露露在边上使劲儿拍大腿："选一张啊，没听贵校长说吗，没有空门。"

她越这么说，李海的手越紧紧地背在身后。等了十多秒，贵校长伸手从那些卡片里面抽了一张："这张吧！来，刮开来看看。"

李海接过去，深吸一口气，用指甲使劲在卡面上刮。陶露露的头凑到他的两只手上，眼睛瞪得像两只灯泡。

很快，一个"足"字露出来，李海的心一下提到嗓子眼，足什么？刚才贵校长说奖品中有什么？足球，还是足球鞋？他的手速加快了，接着"球"字露出来。啊，是是是……是什么呢？李海用劲儿咽了一口唾液，只觉得心跳的节奏犹如战鼓，眼前的课桌、黑板、日光灯、同学、贵校长，昏天黑地地旋转起来，等刮开最后一个"鞋"字，他咣当一下瘫坐在地上……

周围的几个同学吓了一跳，陶露露更是吓得后退一步，只有马一飞率先上前，打算扶起李海，谁知他又像弹簧一般飞快地站起来，捧着手里的刮刮乐，得意地告诉贵校长："我中奖啦！我中奖啦！是——足！球！鞋！"

贵校长又是惊诧又是激动，手在空中不断地拍：“哇——你运气太好了，竟然中了大奖！唯一的大奖哦！”

另一边，体育老师飞快地从大口袋里掏出一双足球鞋，祝贺道：“恭喜，恭喜！快点试试吧，正好是你的鞋码呢。”

李海接过足球鞋，双手微微颤抖，仿佛捧着的是一件无价之宝。他一会儿轻轻抚摸手里的足球鞋，一会儿看着贵校长和体育老师使劲儿笑，一会儿又环视四周，语无伦次地说：“我……鞋……足球……鞋……”

他终于拥有了一双崭新的足球鞋。

马一飞在一旁看得眼眶发热，这双足球鞋竟然是李海的鞋码，这实在是太巧了。等等，不对，为什么这么巧？哦……马一飞一瞬间懂了，贵校长是用这种方式给李海送足球鞋啊。

他抬头看贵校长，发现他和体育老师已经提着大口袋走出教室了。

不知是谁吼了一嗓子：“大扫除喽——”

大家分头忙起来。

马一飞拿着一把半新不旧的扫帚，弓着腰卖力地扫地板，灰尘扬起来，大家被呛得受不了，躲到走廊。马一飞依旧捂着口鼻，继续扫着，他心里惦记着一件事儿，回家写完作业就练习创意编程。几天后，他就要参加比赛了。

走廊上，李海将两只足球鞋挂在肩膀上，一刻也不肯放下来。陶露露故意调侃他："你晚上是不是得抱着这鞋睡觉？"

李海答非所问："明天下午的比赛，我一定要好好踢！"

陶露露毫不犹豫："我会去现场为你助威！"

"我也去！"

"我也去！"

马一飞举起手："我也去——"

大扫除结束后，钱老师宣布放学。班里的同学手捧着向日葵和钱老师道别："钱老师，元旦快乐哦！"

"元旦快乐！"

这一年的最后一天就要过去了。

马一飞走出教室时，忍不住往教室里看了一眼。教室被打扫得干干净净，焕然一新。窗户擦得晶莹剔透，落日的余晖透过玻璃洒进来，照亮了整个屋子。每一个角落都被细心地打扫过，连窗台上的小盆栽也显得格外青翠欲滴。一切井然有序，仿佛在为这一年画上圆满的句号。

陶露露将自己的那朵向日葵别在书包上，拉着马一飞问："你说贵校长是不是神了？竟然知道李海的新年愿望是想要一双足球鞋。”

马一飞感慨：“贵校长似乎是我们中的一员，他隐身在校园的每一个角落，呼吸我们的空气，倾听我们的谈话，感受我们的焦虑，体味我们的忧伤，最后为我们的成长划出一道弧线，架起一座桥……他不仅仅是我们的校长，更像是我们的朋友和导师。”

走廊上，他们迎面遇到了吴老师，两个人本能地靠着墙根避让，马一飞轻声说：“吴老师，新年快乐！”

吴老师点点头，从他们面前走过去时，卷起一阵冷风，马一飞的身体抖了抖。

吴老师捧着厚厚的试卷，似乎正赶去给 2 班布置假期作业。这段时间，她在心高气盛之余，总流露出一股不服输的意味，她希望自己带的学生始终是全年级最好的。她已经放弃了广播操比赛、卫生流动红旗争夺、全校大合唱会演等一系列的活动，一心只想夺得期末考试成绩的年级第一。为了这个目标，她一门心思地带着全班学生刷题，订正，讲题，出题，说她呕心沥血、鞠躬尽瘁都不算夸张。可惜，吴老师单方面的努力并没有得到全班的回应，大家坐在教室里写作业，耳朵全竖着听窗外的一举一动。下课铃敲响了，走廊上的叽叽喳喳声让他们坐立不安，可是吴老师绷着脸，没宣布“下课”，他们动弹不得，甚至谁敢抬起头往外面看一眼，都会被她狠狠瞪一下。

马一飞心想：吴老师不知道学习压力过大如同过紧的弦，尽管能发出一时的高音，但终有一天会断裂呀。

回到家，马一飞惊讶地发现马宏烨竟然回来了，和白芷晴并肩在厨房里忙着准备饭菜。白芷晴套着浴帽，系着花围裙，正熟练地切着蔬菜，每一刀下去都发出清脆的声音。她的脸上洋溢着温暖的笑容，嘴里哼着轻快的歌曲，仿佛厨房里的每一个角落都在跟着她的节奏跳动。

马宏烨在一旁忙着搅拌锅里的汤，时不时尝一口，满意地咂咂嘴，转头看看白芷晴，眼里满是温柔和爱意。两人不时互相调侃几句，笑声伴着轰隆隆的油烟机声、嗡嗡的微波炉声，为厨房增添了几分热闹和温馨。

白芷晴先看到了儿子："一飞，你回来了？快去洗手，准备吃饭。"

马一飞笑着点头："好！"

坐在餐桌边，马一飞才从白芷晴口中得知，马宏烨一结束外地的工作就往回赶，因为赶上节假日，他没买到高铁的坐票，硬生生地站了 20 个小时，赶回家来吃这难得的一顿团圆饭，陪他们母子迎接新的一年的到来。

三人端起装满饮料的杯子，齐声欢呼："干杯——"杯子碰在一起，发出清脆悦耳的叮叮声。

元旦这一天，天气好得出奇。

天空湛蓝如洗，没有一丝云朵，仿佛被清风拂去了一切阴霾。空气中弥漫着一股清新的味道，带着一丝微冷，让人感觉舒适而振奋。

人们纷纷趁着假期走出家门，享受这难得的好天气。孩子们在公园里欢快地奔跑，笑声在空中回荡；老人们坐在长椅上，沐浴着阳光，脸上绽放着满足的笑容。大街小巷洋溢着节日的气氛，红灯笼和彩带在阳光下显得更加鲜艳，仿佛整个城市都在庆祝新年的到来。

吃完午饭，马一飞戴上毛线帽，穿上羽绒服匆匆出了门。他走到小区门口，抬手看一眼手腕上的电话手表，还差两分钟就下午 1 点整了，这是他和陶露露约定的时间。忽地，身后传来一声尖细的声音："马一飞，别看了，我来了。"

陶露露穿着一件大红色的羽绒服，脖子上系着一条粉色的羊毛围巾，手里提着一大包零食，小跑着过来："我们坐地铁去体育馆吧。"

"好！"

这次"市长杯"青少年足球赛的决赛在南京最大的体育馆举行。

马一飞和陶露露一坐到观众席上，便使劲儿往候场区看，想给李海鼓鼓劲儿，可是看了好一会儿也没瞧见他的身影。马一飞觉得奇怪："怎么看不到李海？"

陶露露脸上也挂着失望和迷茫："他是不是在更衣间换球服？"

赛前热身活动开始了，李海依然没出现在球场上。体育老师焦急地在场边来回踱步，不时抬手看看手表，眉头紧锁。贵校长也站在一旁，目光不离大门，脸上写满了担忧和困惑。整个场面显得紧张而混乱，球员们也开始交头接耳，猜测李海到底去哪儿了。

体育老师终于忍不住了，快步走到贵校长身边，声音中透着急切："李海怎么还没到？他可是我们队的核心队员呐！"

贵校长虽然努力保持冷静，可眼中依然流露出一丝焦虑："再等等，也许他有事耽搁了。我们再给他几分钟。"

时间一分一秒地过去，体育老师和贵校长的心情越来越沉重。

比赛要开始了，裁判员上场，让双方队员投掷硬币选场地。马一飞看到这如坐针毡。他双眉紧皱，眼睛不停地四处张望，希望能在茫茫人群中看到李海的身影。他的手指不停地捏紧又松开，背上冷汗涔涔，简直就像一只掉入真空瓶中的兔子，感觉喘不上气来。

陶露露咬着嘴唇，两只眼睛死死盯着入场处，急得直拍脑袋，不住地念叨："怎么办？怎么办？李海怎么还不来？该不会睡过头了吧？哦——”突然，她的手用力一指：“来了！李海来了！”

真是峰回路转，关键时刻，李海终于来了。马一飞觉得窒息的身体得到了一丝新鲜的氧气。

比赛哨声一响，整个球场瞬间沸腾起来。观众们的欢呼声如雷鸣般响彻云霄，每一个人都屏住呼吸，目光紧紧追随着场上的每一个动作。

李海一登场，便展现出非凡的实力。他敏捷如风，迅速融入比赛，一双眼睛如鹰般锐利，始终盯着足球和对方球员的动向。他在中场带球疾驰，如同一道闪电划过绿茵场。对方两名防守队员迅速逼上来，李海却丝毫不慌，脚尖一挑，足球灵巧地从对方球员之间穿过。他再迅速绕过对手，继续向前推进，场边的观众忍不住屏息敛声，静默观看。

接近禁区时，李海突然一个急停，随即以假动作骗过扑上来的防守球员，快速侧身传球。队友接球后一脚射门，可惜球被对方门将扑出，李海反应极快，迅速跟上补射，足球应声入门！

全场一片沸腾：“进球啦——”欢呼声、掌声如潮水般涌来……

冠军如愿囊入怀中，马一飞高兴极了，陶露露高兴极了，两个人从观众席飞奔到场内，想祝贺李海。然而他一个人坐在角落，捂着脸沉默不语。

马一飞有些惶然："怎么了？对了，今天怎么来这么晚？"

李海站起来："我去拜祭我妈妈了。"然后他抱住马一飞的身体，将脸贴在他怀里呜呜地哭，身体一颤一颤的，口中含糊不清地说："我真的好想……好想她。"

马一飞不知如何是好，学着电视里的模样，轻抚李海的后背，抬头看陶露露，她的面颊上滚下晶莹的泪珠，一颗一颗掉在青青的草坪上。

李海一定思念到了极点吧，马一飞想。

第二十章

一树阳光

希望就是将昨日的种子埋在今日的土壤里，期待明日开花结果。

吃完午饭，马一飞换上外套准备出门时，接到了陶露露的电话，是来打气的。“马一飞，你一定要夺个冠军回来哦！这样我们班就是冠军班了！”

马一飞握着话筒自信地表示：“我明天一定把光荣带回学校！”

“嗯嗯嗯！”陶露露表示认同，又接着说下去，“我们学校总共几个人学习创意编程，你又是大学老师认定的天才，我相信你有能力夺冠！对了，我都写好了一篇小作文，打算明天投给学校的广播站，你猜猜标题是什么？”也不等马一飞说话，她自顾自地揭开答案，“《星光少年：马一飞》，你觉得如何？响不响亮？一颗冉冉升起的星星哦！”

马一飞听得出她话中的意思，就是自己代表的是学校，是精心挑选出来的种子选手，所以这场比赛只能赢不能输，不能给学校和班级丢脸。陶露露这番话，说得他又兴奋又沉重，仿佛看到自己胜利归来后，像李海一样被众星捧月地围在人群中。他想成为月亮，自然不想输。

走进赛场前，马一飞特地转过身朝爸爸妈妈挥了挥手。长这么大，他们还是第一次并肩送自己，想来他们也期待自己能在比赛中获胜吧！这么一想，马一飞的斗志又升腾起来。

毫无悬念，马一飞在比赛现场见到了贵校长和信息老师。

贵校长依旧神采奕奕，他面带微笑，充满信任地在马一飞的肩膀上用力拍一下：“加油！”

信息老师的目光中也充满了期待和鼓励。他们的出现，无疑是对马一飞的极大支持和激励。他深吸一口气，默默地对自己说：一定要不负众望，拿出最好的状态来迎接挑战。

比赛现场的氛围紧张而激烈，选手们在键盘上飞快地敲击，代码的世界如同一片无尽的海洋，等待着他们去探索和征服。马一飞坐在电脑前，眼神专注，手指灵活地在键盘上飞舞。屏幕上，代码行行跳动，仿佛是一首正在谱写的交响乐。

然而，比赛的复杂性和紧迫感逐渐压迫着他。就在他快要完成一个关键环节时，一段代码出现了错误。马一飞的心猛地一沉，迅速地返回上一段代码，试图找到问题所在，只是不知是缺少经验，还是学得不够扎实，他始终找不出自己的程序出错的原因。

时间在无情地流逝着，每一秒钟都像是在马一飞耳边敲响的警钟，他的额头渗出了细密的汗珠。

比赛结束的铃声响起来，马一飞还在努力修复那段错误的代码，但一切都已经太晚了。他无奈地放下双手，心中有一种说不出的失落和懊恼。他尽了全力，却无法避免被淘汰的命运。

马一飞缓缓地走出赛场，迎着冬日的冷风，心情复杂地望向远处的天空。回想起赛前父母的鼓励和贵校长、信息老师的期望，他感到一阵难以言表的愧疚。

考场外，贵校长见马一飞情绪低落地走出来，猜到了一切。他示意信息老师先回去，自己拉着垂头丧气的男孩在路边找了个花坛，并肩坐下。

贵校长轻声说：“我对你很失望。”

马一飞不吭声。

“我以为你是一个拿得起也放得下的孩子，第一次参加比赛输了又如何？你就这么灰心丧气、自怨自艾的？你今天之所以会输，说明你还不够强大，如果你足够强大，就会有信心，有勇气去面对所有的结局。”

马一飞依然沉默不语。

贵校长接着说：“其实，我能够理解你现在的心情。你代表学校来参加比赛，希望取得好成绩，像李海那样为学校争光，我懂。如果你学习了这么久，对比赛结果没一点儿期盼，或者没有半点好胜心，我反而会瞧不起你。”他顿一下，继续往下说：“马一飞，你要知道，每一个冠军都是从失败中走出来的。有些人付出了一次又一次的努力，流汗、流泪甚至流血，也未必换来圆满的结局。真正的强者是不会就此罢休的。有句话怎么说来着，如果你不够强大，就暂时将自己藏起来，在无人问津的地方历练，在孤独的环境中养精蓄锐，总有一天，你会换来别人的望尘莫及。”

听到这些话，马一飞再也忍不住了，身体微微颤抖，眼泪像决了堤的洪水一样涌了出来。

贵校长没有再说什么，只是默默地坐在一旁，轻轻拍着他的肩膀，让他发泄自己的情绪。

马一飞断断续续地为自己总结：“我……我缺少参赛经验，还……还不能从容面对……面对突发的状况，在技术……技术上还有待提高……”他知道自己不是没能力才输的，是缺少足够的经验和更扎实的知识储备。他因为失败伤心难过，也感到一种深深的慰藉和释怀。

“对呀！”贵校长满意地点头，“你能看到别人出色的成绩，夺冠后的喜悦，却看不到他们在背后付出的努力和坚持，还有日复一日的等待和汗水啊！马一飞，校长、老师和同学都只是你成长中的引路人和陪伴者。真正决定你未来的，是你自己。人生哪有一帆风顺，遇到困难，就应该去解决困难。明年开春，还有创意编程比赛，你可以继续参加！”

马一飞的嘴角浮起一个微笑：“嗯，谢谢贵校长！”

他发自内心地笑了，品味着一种被理解、被承认的幸福。

新的一年开始了。

再次返回学校，马一飞觉得自己和陶露露、李海似乎都在悄悄地发生某种变化，这就是长大的感觉？一种无法描述却能真切感受到的奇妙感觉。马一飞觉得身体中的那棵希望之树在重新默默酝酿着下一朵花。他的身体蛰伏着前所未有的动力和渴望，渴望变得更加成熟和独立。

他发现，陶露露的眼神里多了一份坚定，少了一些昔日的天真；李海的言语中增添了不少思考，少了一些往日的迟疑。这种变化或许在一夜之间发生，却需要漫长的时间去真正理解和感受。正如一棵树，在风雨中逐渐变得挺拔。

马一飞坚定了自己的目标和梦想。他决定，不再让自己被动地接受生活的安排，而是主动去追求自己想要的未来。他渴望成为一个有担当、有责任感的人，渴望通过自己的努力去改变命运的轨迹。

课间休息时，钱老师坐在讲台旁的椅子上，腆着肚子忙着计算积分。尽管她穿着一件宽松的大衣，肚子却像个西瓜般将大衣撑得胀鼓鼓的。

教室里叽叽喳喳的一片人声，像春天的鸟儿在枝头欢快的歌声。有人离开座位和别人对数学题的答案，有人使劲儿地伸懒腰，吐出一口长气。李海最近用功起来了，在座位上不声不响地埋头默写出错的两首古诗。陶露露拿着一个小本子，站在钱老师身后，像个精明的老会计给自己算该得的积分。

突然，钱老师脸上一惊：“呀！”

陶露露忙弯腰关切地问：“钱老师，您怎么了？”

钱老师凝了凝神，脸上隐隐泛红道：“没，没什么。刚才，宝宝踢了我一下。”她的脸上顿时绽放出一抹幸福的笑容。那是一种难以言喻的喜悦，仿佛整个世界都在这一刻变得柔和而温暖。

几个同学的脸上露出不可思议的神情。陶露露站在一旁，犹豫片刻，羞涩地请求道：“钱老师，我能摸一摸您的肚子吗？”

钱老师微笑着点点头，将陶露露的手轻轻放在她那高高隆起的肚子上。陶露露小心翼翼地触碰着，感受着那微弱而神奇的生命力量，眼中闪烁着好奇与惊喜。

“啊，他动了！”陶露露惊呼，声音中带着难以掩饰的激动和欣喜。

钱老师轻轻抚摸着自己的肚子，温柔地说：“是啊，他在和你打招呼呢。”她的目光柔和而慈爱，仿佛能看到那个小小生命的模样。

这一刻，教室里弥漫着一种温馨，一种美好的气息。

陶露露的眼睛里闪着泪花："钱老师，您好伟大哦！"

"当妈妈的都伟大！你们的妈妈也一样伟大呢。好了，同学们，我们继续计算积分吧。陶露露，该你登记了。"

陶露露将手上的小本子递上去，轻声说："我要给钱老师的宝宝兑换很多很多糖果，我希望他从出生那一刻起，永远都是甜蜜的。"

李海从座位上抬起头，认真地说："钱老师，我以后教您的宝宝踢足球，让他当一个健健康康的男孩子。"

"为什么是男孩子？我希望她是一个女孩子，我可以把我最漂亮的洋娃娃送给她。"

"钱老师的宝宝一定很漂亮吧！等他出生了，我们就是他的大哥哥、大姐姐了。"

"我好期待他早点出生哦。"

"你们说他长得像不像钱老师？"

"我猜他一定很漂亮，很可爱……"

生命的奇迹在每个人的心中悄然绽放。大家对一个未知的生命充满了期待，一想到钱老师的宝宝在漫长的冬季里孕育，最终会和班里的同学一起走向明媚的春光，马一飞便有种按捺不住的兴奋。

做课间操的时间到了。

马一飞发现贵校长陪着两个园林专家正给教学楼边上的一棵雪松治病。雪松是南京的市树。当初，金陵城小学建校时，特地种了一棵。几十年过去了，它变得高大、挺拔，高度超过了五层的教学楼。本应四季常青的它，去年却呈现出暗褐色的颓势，入秋后便“一病不起”，虽然贵校长向园林专家一次次求助，希望能挽救它，可是冬天来临后，它以肉眼可见的态势变得脆弱而萧条。

这时，只听园林专家惋惜：“不行了！虫害太严重了。为了安全起见，得将它砍去。”

悲伤来得突然。

听到这个消息后，大家心里很难过。很多同学围着雪松暗暗叹息。

贵校长围着雪松转了几圈，深沉地说：“地球上，每天都在上演着生老病死。然而，人们愿意用心记录并陪伴那些如同家人、伙伴般的动物朋友、植物朋友。我想，这是一种生命对另一种生命的尊重。我们会为这种真诚热泪盈眶，因为它提醒我们生命的伟大与珍贵。”

于是，大家决定以自己的方式记住雪松。陶露露为它画了一幅画，李海抱着树干拍了一张照片，马一飞用创意编程软件为它写了一首歌：“亲爱的老师，亲爱的同学们，这些年，我给予你们树荫，你们给予我快乐。我奉献了茂密青绿，你们回赠我聪明才智。这个冬天有些漫长，但抬起头，春天就在不远的前方。请你们原谅我不能变绿，但我会一直守护你们……”

他将树叶在风中摇曳的声音、鸟儿在树梢欢唱的旋律、雪花落在树枝上的轻柔声响，通通融入曲调中，创作了一首动人的乐曲。每一个音符都像是雪松的心跳，诉说着它在寒冬中坚守的信念与力量。

砍树是在一个午后进行的。

在园林工人举起电锯前，贵校长拿着一张白纸走过来，将纸覆盖在雪松的树干上，用铅笔一点点地拓印下它的纹路。贵校长也用特别的方式留下了这棵雪松的模样。

之后，在大家的注视下，雪松轰然倒下。马一飞在心底轻声说：再见了，雪松！

一连几天，学校都弥漫着一股浓浓的悲伤。每个走进校园的同学，看到雪松伫立过的地方被清理出一个大树坑，心头总有种说不出的沉重。而这股悲伤又伴随着期末考试的来临，让大家的脸上多了几分忧郁和疲惫。

从前，马一飞并不知道什么是真正的悲伤。因为雨天冒雨上学时被淋湿的狼狈，因为马宏烨受伤时的担心，因为白芷晴的怒气而感到的无奈和沮丧……这些都不曾令马一飞真正觉得悲伤，直到雪松的枯萎消失，他才真正体会到生命的无常和无奈，体会到那种因为生命逝去的刻骨悲伤。

某天早上，贵校长在做课间操之前拿着话筒宣布："我已经去树木公司选好了一棵与众不同的树，立春后就会移植到我们的校园里来。它会给我们学校带来新的希望，新的惊喜。”

马一飞听了心口热乎乎的，站在队伍里使劲儿拍手：“太好了！太好了！”他口中哈出热热的气，整个人又变得鲜活快乐起来。

吴老师背着双手站在队伍边嘀咕：“下周就是全市期末大考了，贵校长怎么不说点和考试有关的话题？树树树，一棵树能比全校的考试分数更重要？”

后半学期，很多老师尝试用助学课堂来教学，只有吴老师固执地做题，再做题，用她认为最有用的方式，打算在期末大考时来一场“华山论剑”。

陶露露说，2班的家长已经分成了两派。保守派认为，学习就要多做题，熟能生巧是千古不变的学习方式，因为中考、高考终究是靠分数来定未来的。这一派的家长主张孩子们每天都要做大量的练习题，反复刷题，确保每一个知识点都牢牢掌握在心中。改革派们相信学习不应机械地重复，时代在进步，他们更提倡素质教育，认为孩子需要更多的实践和体验，才能真正理解和运用所学的知识。他们希望自己的孩子除了做题，还能多参加课外活动，哪怕多阅读几本好书，也能开阔眼界，享受文学的滋养。可惜，吴老师墨守成规，一概不允，说期末拿到成绩册后，家长们才能明白自己的良苦用心。

期末考试的那天早上，白芷晴特地请了一个小时的假，起来买油条，煮鸡蛋，还炸了几块年糕，在餐桌上摆出一个吉利的“100”。马一飞坐在餐桌边，先吃油条，再吃鸡蛋，最后吃了炸年糕。看到白芷晴脸上露出满意的笑，马一飞跟着笑了。随后，白芷晴殷勤地提着马一飞的书包，开车送他去学校。

忙碌了一学期，决战时刻终于来了。

校门口，热闹非凡。满眼都是赶考的孩子和送考的大人。孩子们背着书包，慢悠悠地往校门走，大人在后面东张西望，心神不宁地跟着，眼看自己的孩子要进校门了，又满脸担忧地拉着叮嘱：“仔细读题，做完了一定要多检查几遍。”“千万看清楚运算符号，别把加法看成乘法，把 2 看成了 3……”

贵校长和平时一样，依然气定神闲地立在校门旁，和这个同学说一声早安，和那个家长打个招呼，仿佛这个早晨再寻常不过，身上丝毫没有期末大考该有的紧张。

马一飞原本是有些紧张的，等到上了楼，在走廊上看到吴老师绷着一张严肃的面孔，像个门神般站在 2 班门旁，手里掐着表看谁敢在这么重要的日子迟到时，他不由得更紧张了。别怕，稳住！他对自己说，然后吸气，吐气，再吸气，再吐气，调整呼吸，鼓励自己保持镇定，毕竟这只是一场考试，不是生死角逐。

一天之内，语数外三门课全部考完。

考场上，马一飞觉得自己的笔端仿佛有神仙相助，每一个数字，每一个符号，甚至考最不擅长的英语时，每一个单词和句子都争先恐后地从大脑中涌出来。他有一种腾云驾雾、直上九天的畅快淋漓。

考试结束后，马一飞背着书包往校门走，心中突然生出一股不舍。寒假就要来了，他要告别校园一段时间。他应该高兴的，却为何有种说不出的失落？远远地，他看到那棵高大的银杏树，金色的叶子沐浴在万丈光芒中，像一幅热烈的油画，浓烈而奔放，让人想去拥抱它，亲吻它。

他觉得自己经过这一场漫长的冬季，正一步步地迎来温暖的春天。

尾声

事情就是如此令人费解。

返校拿成绩册的这一天，马一飞从消息灵通人士陶露露口中得知：“3 班的全优生又增加了 5 个人，又一次领先其他班。”

2 班期末成绩稳定，只是没有迎来吴老师期待的“大获全胜”。用陶露露的话说，他们班整体发挥正常，该好的依然好，不好的依然不好，狂轰滥炸的作业量并没有换来优异的成绩，这令吴老师不禁有些伤感，甚至怀疑自己还不够严格，说期末有几份试卷没时间练习，应该逼着学生完成的。

吴老师觉得自己输得一败涂地。

开期末总结大会时，她始终垂着头反省，自己班的优生率不及 3 班，实在是蹊跷。自己班的学生比 3 班的多做了很多题，甚至为了做题而放弃了一切娱乐，只想夺冠啊！

家长们消息灵通，在微信群里对此结果怨声载道，好几个家长反映自己孩子的视力下降严重，因为课间没有充分休息。这些话令吴老师很是自责。她本以为自己带着学生勤学苦练就一定会出成绩，为什么这个方法行不通了？吴老师自认是认真负责的好老师呀！

她第一次萌生了辞去班主任一职的念头，可是贵校长拒绝了。

贵校长决定和吴老师作一次深谈："你没错，只是没意识到传统的填鸭式教学已经不适应现代的孩子们了。如今的孩子早已不是过去的孩子，他们获取信息的渠道很多，他们的思维方式也在不断变化。"

吴老师神情间带着一丝困惑和反思。

贵校长继续说道："我们要承认，这个时代的孩子们有着更多的选择和自由。他们不仅仅依赖于课本和课堂，还通过互联网、社交媒体、各种兴趣班来获取知识。他们需要的是一种能够激发他们兴趣和创造力的教育方式，而不仅仅是死记硬背和反复练习。"

"但是，"吴老师缓缓开口，"我们也不能完全抛弃传统的教学方法，毕竟基础知识的掌握还是很重要的。"

"当然，"贵校长微笑着回应，"基础知识是根基，但我们需要在此基础上进行创新，让孩子们在掌握基础的同时，学会如何应用知识，如何独立思考，如何解决实际问题。这就需要我们不断地探索和改进教学方法。"

吴老师思索片刻，点了点头："您说得对。或许我可以在现有的基础上，尝试一些新的教学方式，比如您倡导的助学课堂，或者我们试着开展跨学科的综合性学习，比如菜园里的数学课，我发现之前那些在菜园里学数学的孩子，真正享受到了学习的快乐。”

“正是如此。教育不是灌满一桶水，而是点燃一把火，激发学生心中对知识的渴望。”

吴老师眼中闪烁着新的希望:“我愿意尝试新的方法，我也希望能够带给我们班的孩子更多的机会。”

贵校长欣慰地看着她：“您是一位好老师。”

“真的？”吴老师感激地说，“谢谢您！”

整个寒假，马一飞都沉浸在快乐中。

白芷晴和马宏烨带着他去逛了红山森林动物园，一家人坐了摩天轮，玩了海盗船，虽然这些早已不会令马一飞感到刺激，但是因为他期末成绩得了全优，英语成绩第一次迈进了 90 分的大关，心里高兴，所以他玩得畅快淋漓。老天果然不会辜负每一个努力的人。马一飞决定趁着假期继续练习创意编程，他记得自己的承诺：开春再参加一次全市创意编程大赛，靠实力赢一回。

春节一过完，忙碌的日子接踵而来。

白芷晴又开始没完没了地顶班，马宏烨又踏上了抓捕坏人的征程，马一飞整理了假期作业，又拉着陶露露和李海玩了一次“狼人杀游戏”，开学的日子就到了。

返校日，马一飞发现树坑的位置又种上了一棵树，依然是雪松，只是它不是一棵普通的雪松，而是一棵与众不同、令人啧啧称奇的双身树。

它的两条躯干紧紧挨在一起，从根部开始缠绕生长，仿佛是一对形影不离的朋友。粗壮的树干上布满了岁月的痕迹，斑驳的树皮如同古老的文章，书写着它们共同经历的风风雨雨。在树的半腰上挂着一块银色的牌子，上面有 3 个醒目的字：伙伴树。

大家围着伙伴树转来转去，试着分清这条枝干是谁的，那条树杈又是谁的，却发现它们早已你中有我，我中有你，分不清彼此了。

陶露露惊喜万分："这就是贵校长说的新的惊喜，新的希望吧？哇，它实在是有趣！我要把它画进我的新作品中！咦，怎么看不到贵校长？"

经她一提醒，大家才后知后觉："对呀，贵校长今天怎么没站在校门口？"

马一飞四处张望，心底隐隐有种不安。很快，钱老师告诉大家："贵校长退休了，他说希望大家以后能像伙伴树一样团结、友好地拥抱在一起。"

怎么可以这样呢，他们还没有准备好告别，贵校长怎么就说再见了？马一飞有些伤感。

噔噔蹬，走廊传来吴老师的脚步声，她出现在 3 班教室门口："钱老师，这是贵校长托我带给你的书。"

她走进来，从怀里捧着的一摞书中取出一本："是贵校长写的。对了，楼下那棵伙伴树就是他用自己的稿费买的，说是送给大家的开学礼物。"

钱老师接过书，发现书的扉页上写着一行字，她情不自禁地在学生面前念出来："我们当老师的要记住：这个世界让人尊敬的不是职业，而是人！"

马一飞猛地站起来，冲到走廊上，趴在栏杆上眺望那棵伙伴树。气温很低，但太阳已经升起，碧蓝的天空下，阳光从天际洒下，伙伴树身披无数道光，仿佛是一束火焰，一盏明灯，在天空与大地之间用静默诠释着一种永恒的智慧。

恍惚中，一个熟悉的身影似乎出现在伙伴树旁，像黑暗中一道微小却闪亮的光芒，突然照亮了世界。

马一飞的眼前明晃晃的，一股炙热的液体从他的眼睛里涌出来，热辣辣地流进他的身体，他的血液，他的每一个细胞都在热烈地跳跃沸腾。马一飞深吸一口气，挥动手臂大喊："早上好，贵校长——"

后记

心灵的耕耘者，书写生命中的光与影

这十多年来，我因为从事儿童文学创作，有机会走进一座座美丽的校园，也结识了一群群优秀的校长，并与他们成为挚友。美丽的校园，是我创作的动力，更是我灵感迸发的源泉。漫步校园中，每一个角落都充满生机和活力，孩子们欢快的笑声、老师们的循循善诱、精心设计的校园环境，构成了一幅幅动人的画面。

在我看来，校长不仅是教育工作的实践者，更是教育未来的探索者。他们用智慧、热情和爱心引导着一代又一代的学生走向美好的未来，也以自己的言传身教向青年教师传承一种力量——一种对教育事业的热爱和坚定不移的信念。

作为一名儿童文学作家，我总习惯观察生活和生活中的人。在校园里，在与校长们近距离的接触中，我亲眼看见他们为教育事业付出的巨大努力和心血。

记得第一次从《中国教育报》上读到缪志聪先生撰写的关于南京市瑞金北村小学教育集团总校长仲广群的事迹时，我有些诧异，更多的是悲伤。说诧异是因为这样一位出色且年富力强的校长怎么会被病魔夺去生命，说悲伤是因为他的事迹令人动容。报道中，有这样一段话深深打动了我：“仲校长每一件事都看起来如此熟悉，如此寻常。正是他习以为常地付出，才浇灌出一片红花啊。学校里的孩子们得知仲校长永远告别校园后，悄悄地在他的办公桌上摆放了黄菊花、糖果和一张张字条。这些来自孩子们的小小心意，饱含了他们对仲校长的无限思念和深深敬意。”

仲校长是学生心中的明灯，是教师心中的榜样。事实上，在现实生活中也有无数如他一般敬业、执着的校长，依然不辞辛劳地奉献着，耕耘着，努力着，拼搏着。

在小说创作之前，我花了大量的时间奔波在不同的校园，认真地与校长们畅谈，话题涉及教育理念、教育信仰、教育情感、教育目标。记忆中，他们目光中带着兴奋的光，总是饱含深情地叙述过往的点点滴滴。校长们有一个共同的特点——对教育事业的无限热爱和坚定信念，他们是教育精神的传承者和实践者。

我曾在何义田校长的桌上看到一本书——《教育小语》。这本书有好几个位置被画上了记号，想来应该是他在工作中用以激励自己，或与教师分享的内容。教育是一门学问，需要校长们克服重重困难，也要他们不断摸索教育改革和创新的新方法、新思路，从而努力为学生们创造出更好的学习和成长的环境。

有人问我，作为一名儿童文学作家，你的写作理想是什么？我说是期望通过文学的力量，开启孩子们心灵的窗户，让他们在文学的世界里，发现美，理解爱，感受希望。

《一树阳光》这部儿童小说的创作过程，于我而言是一次心灵的洗礼，更是对教育领域的一次深情拥抱。在小说中，我试图通过一个个源自生活的真实故事、一个个鲜活的形象、一段段真实而曲折的情节，去还原现实世界里的孩子、家长以及与他们朝夕相处的老师、校长们。

从南京的孙小红、严谨、何义田、卞传娟、吴宁、孙红、刘宁、毛丽平、葛军、胡福如、陈桂萍、黄文武到泰州的郑晓彤、陈娟，淮安的刘云飞，如皋的沙国建、季小敏，再到苏州的严卫强等校长（书记），我都曾经认真细致地深入交流和采访过。

坦白说，采访校长（书记）不是一件容易的事儿，一来他们工作非常忙，谈话总会被各种电话打断；二来他们的故事实在太多，一说就说个没完。他们各具特色，有的严谨认真，有的温暖关怀，但无一例外的，他们都把教育当成了一生的使命，默默耕耘在教书育人的第一线。他们对学生的爱护，对知识的尊重，对社会的责任感，深深地感染了我，让我在创作《一树阳光》的过程中有一股奔跑的力量。

我相信，书写当代校长群像，除了能展示教育工作者的风采和贡献，传递教育理念和价值，激发社会对教育的关注和支持，更能为文学作品增添真实感和厚重感，推动儿童更全面更健康地成长，同时记录下这个蓬勃时代背景下教育事业的发展和成就。我想，这不仅是对校长们辛勤工作的一种致敬，是对教育事业的歌颂，更是一个儿童文学作家的责任所在。

真诚感谢南京市教育局、南京市秦淮区教育局及南京江北新区教育和社会保障局等部门的帮助，让我得以顺利、全面、细致地采访到更多的校长，能够从现实生活中理解教育家精神，能够以文学的方式向读者呈现一批“有理想信念、有道德情操、有扎实知识、有仁爱之心”，以实际行动践行教育家精神的优秀校长及教师的创作初衷。

从事教育工作几十年的周桂松先生曾对我说：“教育不仅是传授知识，更是培育人才。”他说这句话时，语调稀松平常，却令我肃然起敬。我知道，他和像他一样的教育工作者正以自己的信念，试图以“鱼与熊掌兼得”的教育理想，去寻求分数与快乐并进的教育模式，努力让更多儿童能够在成长中学会如何获取知识，如何做一个人，如何面对生活的挑战和考验。

最后，我再次感谢各位校长，是你们的无私奉献和执着追求，成就了这部长篇儿童小说，成就了《一树阳光》。你们的精神将永远激励着我，激励着孩子们，在灿烂的阳光下，勇敢追寻自己的梦想。

我相信，终有一天，孩子们会成为这个世界未来的光！

刷刷书于南京

读后感

南京市鼓楼区第一中心小学班主任　霍健辉

在这部作品中，我看到了在传统教育和教育改革的博弈中，以贵校长为代表的领导者，一生为教育事业，不仅兢兢业业，更是“以生为本”，不断探索，不断思考，不断创新；我看到了以贵校长、钱老师为代表的教育者，他们有爱心、有温度、有智慧、有远见的教育；我还看到了家庭教育、学校教育和社会实践的有效结合，家庭、学校、社会积极配合，才能更好地促使学生成长和发展。

作品中，马一飞、陶露露和李海这几个学生形象，有个性而不任性，稚嫩却很善良，虽有时胆怯，有时伤感，有时不自信，但更多的是勇敢、积极、向上生长！我们教育者，只有怀着对学生发自内心的真挚的爱，才能给他们以鼓舞，才能点燃他们！

浙江省金华市浦江县大溪中心小学　王雨欣同学

正如引子中所说的一样，“教育是阳光，照亮孩子生命的每一个角落”。老师永远都是默默教授我们知识，无私奉献。每一个老师都有一套自己的教育方法，有的老师温柔似水，有的老师则十分严厉，正如书中的钱老师与吴老师。但我们要知道，老师们这么严格都是为了我们好。对于教学方面，钱老师愿意尝试新方案，而吴老师则更愿意相信不断做题才会有更大的进步。结果到了全省学业水平测试与期末考试时，钱老师的班更胜一筹。这本书让我明白了：学习要全方面学，从许多方法里找到一套最适合自己的，要学会变通。这本书让我受益匪浅。

南京市芳草园小学　李初晋同学

读完《一树阳光》，我就像一枚小铁钉被吸铁石牢牢吸住了。我真想立刻钻进书里，成为金陵城小学的学生，跟同学们一起过那些我根本没经历过的节日，像艺术节啦，狂欢节啦，风筝节啦，花草节啦，小主人节啦……我最想过的就是颠倒节，老师当学生，学生当老师，这可太有趣了！我还要和爸爸妈妈互换角色，我要给他们布置好多作业，看看他们能不能做到平时对我的要求，哈哈。金陵城小学，这样的小学让我无比向往！

金陵城小学，你们的贵校长也让我无比向往哦！

南京市成贤街小学　吴忻琰同学

拜读了刷刷老师的新作，我特别喜欢文中的贵校长，他推行的创新教育会让我觉得学习是一件非常有趣的事情，在快乐中学会怎么和朋友们一起合作，怎么解决问题，还有欣赏世界上的美好。

南京师范大学附属小学　张坤芃同学

我觉得这部小说讲述了一个爱与成长的故事。书中和蔼可亲、关爱学生的贵校长给我留下了深刻的印象。在他的悉心引导和爱护下，三个小学生都被激发出自主学习的意识，并在各自擅长的领域内取得很大的进步。他们也学会了尊重、理解、包容。每个人都成为更好的自己。

南师附中树人学校附属小学　秦泽莹同学

我最喜欢故事里的主角马一飞，他从一个腼腆的小男孩，通过贵校长和钱老师的帮助，勇敢地突破自己，变成了一个阳光、自信、开朗的男孩。他不断地挑战自己的过程也深深感动了我。这本书我忍不住读了两遍，期待能读到更多、更好看的书。祝刷刷老师每天都有好心情。

南京市南化实验小学校长　胡福如

作家给我们讲述了发生在校园里的一个个美丽、生动的故事，从书中我们看到了几十年如一日坚守教育初心、爱生如子、有智慧有谋略、格局远大、视野前瞻的贵校长；看到了严厉刻板、不愿轻易改变的吴老师；看到了美丽内敛、敢于革新的钱老师；更看到了一群活泼可爱、聪慧善良、充满希望的孩子们……书中满满的正能量激励我们去做一个像贵校长那样的优秀校长，去做一个让每个孩子都愿意亲近的大朋友、好朋友……

南京师范大学附属中学邺城路小学　虞果同学

书中的主人公马一飞，原本胆小、不自信，可是他遇到了贵校长和亲爱的伙伴们，和他们一起学习，一起成长，后来蜕变成了一个活泼开朗，学习成绩不断提高，逐渐自信的男孩。我真羡慕他，也想像他那样，让自己成长，变得优秀。读完《一树阳光》，我在马一飞的故事里找到了变优秀的方法：要快乐地成长和学习，要找到适合自己的学习方法和技巧，更要从心里接纳自己。

我要在阳光下快乐、幸福地成长。我相信认真看完这本书的小朋友，一定也能找到变得更优秀的办法！

南京市芳草园小学　曹舒然同学

读了《一树阳光》这本书，我能感受到主人公马一飞同学善良、坚强、有担当。我觉得书中贵校长说的话非常有道理，从前的填鸭式海量做题的教育方式已经不太适合现代的小朋友们了，我们需要德智体美劳全方面的发展，掌握更多的技能，培养更多的兴趣。新时代，新发展，社会在不断进步，就更需要全面优秀的人才。就像书中老师们支持学编程、学画画一样，当学习和兴趣融合，我们才能真正做到劳逸结合，学得更轻松，更投入，更快乐。我也希望能在我的学校过各种节日，用义卖自己的绘画作品、手工艺品的方式去帮助需要关爱的人。

南京市琅琊路小学　时芯语同学

读完《一树阳光》，我感觉就像在看自己的回放视频，我是一个刚刚毕业的六年级学生，在看这本书时，脑海中不禁回忆起五年级的自己，因为放假而激动，因为老师的表扬而开心，想将自己最好的一面展现给老师。看到书中的贵校长，我想起自己学校的那位平易近人的校长，她会和学生一起唱歌，一起做游戏，她不像威严的领导，更像疼爱我们的家人。

我很喜欢书中的结尾。读到那儿，我的眼前浮现出那被银杏树守护的小学。在书中，马一飞有返校日，而我却没有了，下一次踏入小学校园，也不知是何时。我很喜欢这本书，它让我回到自己在学校操场捡树叶的日子，那时的我也喜欢一缕缕透过叶片的阳光！

南京市莫愁新寓小学　孙景安同学

最近我读了《一树阳光》，书中的第一章《雨中的马一飞》非常吸引我。我读着读着仿佛自己已经穿越进故事中成了马一飞，心中一会儿酸酸涩涩的，一会儿又沐浴在阳光中，我感到十分惬意。

读这本书时，有无数个瞬间让我想到自己的小学生活，我的校长、老师、家人等等。书中有位亲切的贵校长，每天早晨他总会站在校门口迎接学生们的到来，热情地与学生说话，言语中有很多关怀。学校还会举办各种各样的活动，让学生在玩中学、做中学，很有意思。我不禁想到了我的美术老师陈老师，第一次见面，他就给我们送了一份大礼——一套刻版画的工具。自此我便爱上了刻版画。陈老师越是表扬我，我就刻得越起劲，不得不说兴趣才是学习进步的阶梯呀！

南京市朝天宫民族小学　许晨雨同学

捧着这本书，我仿佛漫步在一个五彩斑斓的童话乐园里。贵校长，他就像位手持魔杖的向导，引领我们在知识的花海中畅游，这趟学习之旅变得既奇幻又充满乐趣。

《一树阳光》这本书，用我们小学生特有的纯真与烂漫，描绘了一个充满爱与希望的世界。它教会了我学习的乐趣、友情的珍贵、亲情的伟大以及团结的力量。我相信，在未来的日子里，我会带着这份宝贵的感悟，让自己的生命之树勇敢面对每一阵风，每一滴雨露。

南京市朝天宫民族小学　韩美萱同学

这部作品重点讲述的是：教书育人，不仅要会教书，更要会育人！教育是门学问，要创新改革为学生创造出更好的学习和成长的环境。小说里的贵校长大胆改革课堂教学；钱老师是年轻教师，愿意尝试新的教学方法，让学生从被动学习变为主动学习。这本书让我懂得了：学习要全面发展，勤思考，多练习，找到最适合自己的学习方法。正如钱老师所说，当我们学会自学、倾听、思考、提问、合作、表达，还怕没有收获吗？

这本书让我倍感亲切！

南京江北新区教育发展中心教育管理部部长　钱淑云

《一树阳光》延续了刷刷老师一贯的讲故事的方式，书中校园生活的描写很真实，学生、教师以及校长的人物形象塑造也很鲜活。她很熟悉我们的育人理念，书中挑苹果、送礼物等细节描写让孩子能够感受到最大的尊重，我觉得特别感动。这本书涉及的场域也很多，校园、班级、家庭等，书中的警察父亲和护士母亲，从一开始对于孩子的疏忽，到最后的陪伴，人物的感情线抓得很准，读来兴趣盎然，手不释卷。

全国“五一”巾帼标兵、全国小学语文十大青年名师、特级教师　史春妍

和一本正经、不苟言笑的校长相比，有趣、好玩的贵校长处处给儿童惊喜，谁不想要一个这样的校长呢？！想要拥有这样让儿童喜欢的“超能力”，教育工作者不仅要有热情、有爱心，更需要有教育的智慧。只有充分了解儿童、尊重儿童、相信儿童，才能生长出这样的智慧来。贵校长就像一树阳光，照

亮了孩子的童年，引导每一个孩子成为更好的自己。很高兴这本书中的贵校长不是杜撰的，而是刷刷女士走访了当下生活中近百位校长后书写的当代校长群像。能遇见一个让自己喜欢的校长是幸福的，希望更多的孩子可以拥有这样的幸福。

南京瑞金北村小学书记　刘丽

我看到这本书时，内心涌动着无法言说的感动。

从书中的助学课堂里，我看到了一种现代教育理念的传递。教育理念的落地，是通过教师去做，所以通过书中吴老师的情节描写，我能够想到仲校长当时一直在推进助学课堂，但在推进的过程中是有很大阻力的。他通过一轮轮的学习，一轮轮的渗透，让老师们自觉、自愿地去做这件事。所以说小说中吴老师的态度的改变，其实也渗透了仲校长在教育管理上面的一种理念。当然，这部作品只是以仲校长为原型，它是一批教育工作者的群像。

南京市秦淮实验小学校长、书记　卞传娟

在这本书中，我看到了很多熟悉的场景，熟悉的事件，往事历历在目。刷刷老师特别擅长以场景描写来增强小说的文学性和可读性。

心有阳光，笔下有爱，《一树阳光》带给你的不仅是一个有趣的故事，还有温暖与关爱。我们每一位教育工作者，都在努力成为孩子们心中的一棵树，一棵洒满阳光的树。

金陵中学实验小学校长　何义田

我是一位校长，所以我在读这本书的时候，一直在以一个读者的身份，去感受儿童文学对校长形象的描摹。书中的贵校长有责任感、使命感，他的形象表达在对不怎么自信的孩子充满鼓励，对为学校赢得荣誉的孩子的赞赏，但更重要的是对失败的孩子的呵护。书中有比赛的情节设计，我们需要教会孩子去赢，更要教会孩子如何面对输，这很重要。这是丰富的情感体验，也是丰富的人生智慧。这本书的第一读者是儿童，可以通过儿童将受众延展开来。父母、老师读这本书是受益的，校长读这本书是会引起共鸣的。这本书给人的感觉是细腻、真实，这一点非常打动我。对读者来说，最大的吸引力就是真实感。

南京市阅读推广人　邢晓英

我读过刷刷老师的很多书，她的书涉及许多不同的群体和社会现象，让人感到温暖和共情。我平时在和孩子做图书分享的时候，会关注他们读一本书是不是感兴趣，是不是能受到启发并受益，能不能把书中的一些事儿融入生活中。这部作品最打动我的地方就是通过一些生活细节的描写，慢慢地将温暖流淌到孩子的心间。

南京市金陵小学副校长　林卫云

刷刷的作品总是那么贴近我们的生活，所以很能打动人。她喜欢深入一线去调研、交流，并把孩子们的想法写到书里面。为什么那么多孩子喜欢刷刷？是因为她懂孩子。她对校长、老师、孩子的情感把握很准确，让人觉得这不是在讲故事，而是发生在身边的事。正是这样的真实感打动我们，让我们能够产生情感上的共鸣。这本书中校园里发生的事都不是大事，但是一件件小事串联起来就形成了一个整体，让人觉得自然生动，而且越往后读就越像让人看到了阳光，感觉特别敞亮。